生活魔術師達、ダンジョンに挑む
丘野境界
Kyokai Okano
Illustration 東西
宝島社

《ゴリアス・オッシ》
《カティ・カー》
《リオン・スターフ》

《ソーコ・イナバ》
《ケニー・ド・ラック》

階段を上ったその先には、
熱気を纏った小さな山――
赤い鱗《うろこ》を備えた赤龍がいた。

Life magicians, challenge the dungeon

生活魔術師達、ダンジョンに挑む

丘野境界
Kyokai Okano
Illustration 東西

宝島社

Life magicians, challenge the dungeon

CONTENTS

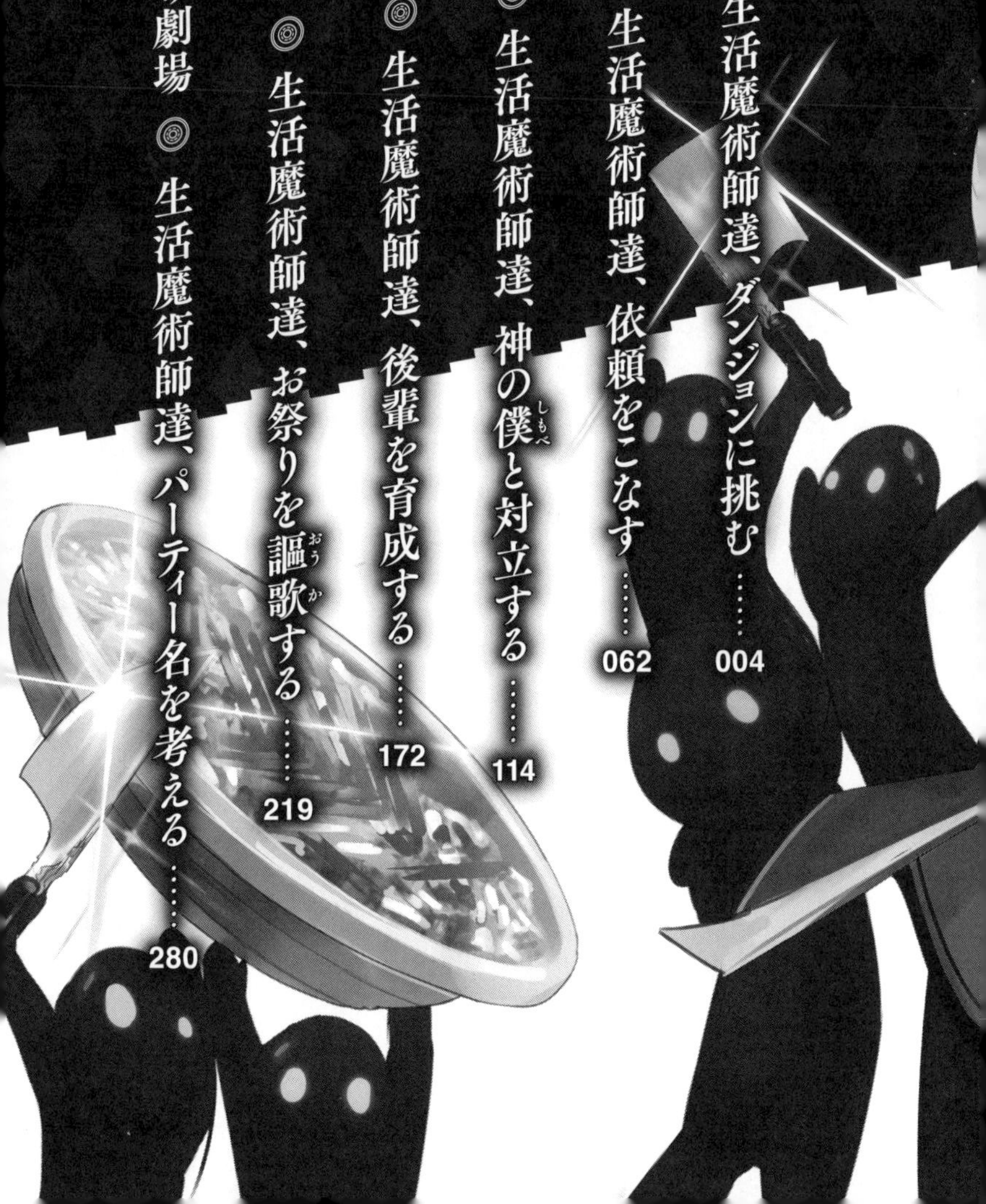

第一話　生活魔術師達、ダンジョンに挑む

エムロード王立ノースフィア魔術学院は魔術師の卵達が、宮廷魔術師として王宮や軍で活躍したり、王立魔導院で国の発展のため研究職に就いたりと、将来的に様々な分野に進むための学校だ。

生徒達は通常の魔術の学問に加え、専門に特化した科のどれかに属することとなる。

この世界、野にはモンスターが跋扈《ばっこ》し危険が満ち溢《あふ》れており、それでなくても人間同士の戦争だって存在する。故に一番人気は戦闘魔術科だ。

他にも召喚魔術科、精霊魔術科、錬金術科、呪術科、心霊術科等々の科が存在する。

それぞれの科は年度ごとに予算が割り振られており、この日の大会議室では各科をまとめる教師──科長達が集まって、正にその予算が決定したところであった。

顎髭《あごひげ》を蓄え緋《ひ》色のローブを羽織った精悍《せいかん》な中年魔術師は勝ち誇り、ふわふわとした髪のともすれば学生と見間違えられそうな草色のローブの女魔術師は悔しそうに唇を噛《か》みしめた。

円卓を囲む他の科長達は皆、気まずそうに目を逸《そ》らしたり俯《うつむ》いたりしていた。

沈黙を破ったのは、議長を務めていた召喚魔術師だった。

「──そ、そういう訳で、生活魔術科の今年の予算は五カッドとなりました」

草色のローブの女魔術師、生活魔術科のカティ・カーは小さな両手を机に叩《たた》きつけた。マントの留《と》め具――シンプルな『家』の記号が刻まれている――が、胸元で黄金色の輝きを放っていた。

生活魔術――文字通り、日常生活に役立つ魔術を研究・開発する科だ。

「待ってください！　そういう訳も何も、そんな予算じゃウチは何にもできませんよ！」

「もう決まったことだ、カー先生」

嘲笑に近い笑みを浮かべ、戦闘魔術科の長であるゴリアス・オッシは背もたれに身を預ける。

「オッシ先生……」

「そもそも、規模が違う。いいかね、戦闘魔術科は五百人を数えるんだ。一方で生活魔術科はたった十数人。そりゃあ、予算だって偏るだろう」

「だからって、この額はあんまりです！　お昼にランチを食べたらおしまいじゃないですか！　しかも一人分ですよ！」

「そこはそれ、生活魔術科じゃないですか。自活も活動のひとつではないかね？」

「そんな無茶がありますか！　自活にだって元手は必要です！　何より、戦闘魔術科のその予算額は何ですか！　ウチの分まで分捕って！」

「それは言いがかりというモノだよ。さっきも言った通り、最初から生徒の数が違う。そうだね、予算が欲しければもっと人数を増やすこと。それに実績を積むことさ」

「実績なら、私達だって毎年出しています！」

「ああ、学園祭ではそれなりにね。だけど、それ以外に目立った成果はないでしょう？」

「……そりゃ生活に密着した魔術なんですから、派手さとは無縁です。ですが……」

オッシは両手を叩いて、カーの言葉を遮った。

そして芝居がかった動きで、両腕を広げる。

「それに対して我が科は分かりやすいでしょう！　モンスターの討伐数！　依頼の達成数！　踏破したダンジョンの階層数！　そして卒業後には、冒険者や宮仕えの魔術師として活躍している生徒を何人も輩出している。一方生活魔術科は、あってもなくても特に困らない科だ」

カーもさすがにこの発言は、聞き逃せなかった。

「それは、あんまりな言い草じゃないですか！　確かになくても困らないかもしれませんけど、発火や抽水の魔術がなかったら人々の暮らしはどうなるか……そんなことも分からないんですか⁉」

「これは失言でしたね。謝罪しましょう。ですが、そうした生活に必要な魔術は大体、出尽くしたでしょう？　それに生活魔術を学んで、戦闘魔術師のような英雄的な活躍ができた人物がいなかったのは事実でしょう？」

「いません……けど……でも、これはいくら何でも……」

「ふぅむ、何とかしてあげたいところだが、こちらにも都合があるし、何より最初に言った通り、もう決まってしまったことなのだよ。いや、実に残念だね、カー先生」

話は終わったといわんばかりにオッシが立ち上がると、他の科長達も立ち上がり、ゾロゾロと会議室を出ていく。

カーは、しょんぼりと俯いた。

◇◇◇

オレンジ色の夕日に包まれた、横に長い間取りの生活魔術科の教室。

入り口から見て左手には、足の低いテーブルと、コの字型に置かれた三脚のソファのあるリビング。窓の左には魔術書の収められた本棚が置かれている。

右手は広いダイニングとカウンター型のキッチンが設置されている。

生活魔術科の生徒達の大半は、あちこちの魔術科のサポートで出払っていて、今この部屋にいるのは科長であるカティ・カーと、三人の生徒だけだった。

そして、リビングのテーブルに一枚の硬貨が置かれた。

「……という事情で、今年の我が科の予算はこれだけです」

ごめんなさい、とカーは謝った。

「せ、先生が謝ることじゃないですよ」

キッチンでお茶の用意をしていた少女、リオン・スターフがお盆を手に戻ってきた。

栗《くり》色のセミロングに派手さはないが温和そうな顔立ち、草色のローブは生活魔術科の制服だ。

「いや、先生は予算会議に科の代表として出たんでしょう？　予算を得られなかったんだから、普通に謝ることとよ。間違ってないわ」

カーの斜め向かいのソファに座る、狐《きつね》獣人の少女ソーコ・イナバが首を振る。

十代前半ぐらいだろうか、足が床に届かずプラプラと揺れている。

長い白髪《しらが》の頭上には狐耳がピンと立ち、狐面が顔を覆っているため表情は分からない。

しかし、口調こそ静かではあるが、その怒りは尻尾《しっぽ》の逆立ち具合がしっかりと表していた。

「ちょ、ソーコちゃん⁉」

「まあ、謝られたところで事態が改善する訳でもなし、もういいんじゃないっすかね？」

ソファ三脚のうち、最後の一脚に寝そべっていた男子生徒が、軽く手を振った。

ボサボサに伸びた黒髪に目線は隠れているが、間延びした口調の上、全身からもやる気のなさが漂っている。

名前をケニー・ド・ラックという。

リオン、ソーコ、ケニーの三人は揃ってこの魔術学院の二年生であり、一緒に行動することが多かった。

「ケニー君まで⁉」

「うううう……貝になって海底でひっそり静かに暮らしたい……」

別に誰も責めてはいないが、どんよりとした空気を纏《まと》って沈み込むカー。

「せ、先生、お気を落とさずに。ほら、香茶を用意しましたから」

リオンは、お盆の上のティーカップをテーブルに並べていく。

その後ろを真っ黒で厚みのないリオンのシルエット——リオンの使い魔である『影人《シャドウ》』が、クッキーの入った器を持って運んできた。

「ありがとぉ……スターフさん……『影人《シャドウ》』ちゃんもありがとうね」

「何にしても、予算がないのは確定なのね。じゃあ、これからどうするかを考えないと」

「前年度分の予算だけでもせめて……ってまあ、時間の無駄か。相手をするだけ面倒くさそうだ」

ソーコとケニーが話し合う。

生活魔術科におけるブレーンが、この二人だ。

「しかし、ただやられっぱなしというのは、私の主義に反するわ。というかムカついている」

「あ～、そりゃ俺も同じ。だからさ、ひとまず今やってる『活動』の一部は切っちゃっていいんじゃないかと思うんだけど、どうよ」

「当然ね。成果にも実績にもカウントされないような『活動』だもの。協力してやる義理なんてないわ。ああ、先生、リオン。そういうことだから『第四食堂』も閉鎖だからね」

「「ふぇっ⁉」」

突然話を振られ、カーとリオン、ついでに後ろの『影人《シャドウ》』も飛び上がる。

『第四食堂』とは生活魔術科が昼休み限定で開いている、学生食堂の一つだ。

名前の通り、第三までが魔術学院が運営している食堂であり、『第四食堂』はソーコらが実地研修目的で運営を始めた新しい食堂である。

他の三つよりも安価であり、また独自の魔道具を販売する購買部も兼ねられていて、教師、生徒達からも結構な人気があった。

基本的な構成としては裏方事務全般をソーコ、料理や魔道具の開発を『第四食堂』提案者であるケニー、調理と接客をリオンが担当している。

もちろん担当がそうだからといって、ソーコやケニーが調理や接客をしないという訳ではない。

また、生活魔術科の他の生徒達も持ち回りで、仕事を手伝ってくれていた。

その実習の場である『第四食堂』を閉じるという。

「当然でしょ。予算がないんだから。材料も調味料も買えないのよ？」

「い、一応これまでに儲《もう》けは出てるよね？」

リオンは、ささやかながら抵抗を試みた。

しかしこれは、ソーコに一蹴されてしまった。

「微々たるモノでしょ。技術料を考えれば、採算度外視もいいところだってこと、自分でも分かっているはずよ？」

「その儲けも、新作メニューや魔道具の開発やら、外での味の研究やらで、ほぼ消えてるしなぁ」

「うう……反論できない」

儲けは出ていても、実情がカツカツなのはもちろんリオンも理解していた。

「そんな訳で、本日をもって『第四食堂』は閉鎖するわ」

「今日までなの!?」

リオン、本日二度目の飛び上がりであった。

「いくら何でも急過ぎるよう!!　そ、それにここにいないみんなにも相談しないと。ほら、みんなまだ外に出てるし……」

「いや、傷が広がるのを防ぐには、早い方がいいだろ。そして、もっと効率のいい稼ぎ方を考えるべきだな。当然みんなには話すけど、俺としても『第四食堂』はしばらく店じまいでいいと思う」

ソーコの意見に、ケニーも賛成らしかった。

「少なくとも、『真っ当な活動が可能』な予算を稼げるまでは我慢ね。『潤沢』な予算であればなおいいわ」

「手っ取り早く、かつ稼ぎも大きい仕事か。そういうのなら、一応アテはある」

「へえ。聞かせてもらおうかしら、ケニー」

「ソーコ、まず手元にある予算を全部集めておいてくれ。あと、先生は戻ってきたみんなが分かるよう、予算会議の顛末《てんまつ》を書面で作成。リオンは説明をよろしく」

ケニーがソファから下りると、ソーコも立ち上がる。

「ここにいる三人は、そのアテで行きたいと思う。これの詳細は後で説明するとして……もうじき戻ってくるマルティン、パイ、カレット辺りと先生で相談すれば、他のみんなの勤め先にも困らないだろ」

ケニーが名を挙げたのは、生活魔術科の魔術師の中でも、吸血貴族の家に仕えている執事、既に聖王国の宗教図書館司書資格を有している才媛、大手商会の娘といった三名だ。

「その辺の割り振りは、先生とリオンに任せるわ」

「え、えっと……わ、分かりました、イナバさん。頑張ってみます！」

やや混乱している様子のカーに、リオンがツッコミを入れた。

「先生が、ケニー君達の急展開についていけてないっぽい!?」

「それは、いつものことでしょ」

肩を竦《すく》めるソーコとケニーに、リオンは戸惑ったような声を上げた。

「え、二人とも、どこ行くの？」

「俺達のやるべきことをやっとくだけだ。後に回しても意味がないからな」

◇◇◇

翌日、生活魔術科の三人は朝から学院ではなく人の行き来する街中にいた。

もちろん『現地での実習』であることは、カー先生に申請済みだ。

ソーコは仮面の下で相変わらず何を考えているのか不明な表情を浮かべ、ケニーは気怠《けだる》そうに、そしてリオンは不安そうにその立派な石造りの建物を見上げていた。

冒険者互助組合——冒険者ギルドのエムロード支部である。

冒険者とは、大雑把にはモンスターを狩る者達を指す。

平原はもちろんのこと、海に砂漠に密林に火山地帯。

前人未踏の場所だろうがどこだろうが、様々な場所へ赴く、つまり冒険する者達だから冒険者という訳だ。

もちろん単に浪漫《ろまん》を求めてという者もいるが、大抵は金が目当てである。

モンスターの素材はその危険性故に、一般の人間は手に入れられないため、高価なモノも多い。古代王国の遺跡を発見し、秘宝を手に入れることができたならば、三代遊んで暮らせるほどの富が手に入るだろう。

また、それでなくても、危険なモンスターを討伐してもらいたい、という町や村は多い。

国や領地に縛られない、金銭を対価にそれを行ってくれる自由人はどこででも求められているのだ。

ただ、彼らの個々は夢も希望もない表現をすれば、『荒事専門の日雇い労働者』だ。

だからこそ、初代ギルド長は、彼らをまとめ上げた。

冒険者達の情報を共有し、依頼の請負、報酬の支払いシステムを構築し、どこででも効率的に稼げる環境を作り上げたのだ。

一つのギルドが周辺に支部を作り、十、二十と増え続け、やがてそれは国を超え世界中に広がっていった。

冒険者はいわゆる真っ当な人々からすれば、自分の命を担保に危険に踏み込む仕事という認識があることは否めないが、前述の通り通常では手に入らない素材を手に入れることができる。

実力さえあれば、危険に見合うだけの利益は出る。

それも、非常に手っ取り早くだ。

「あの……本当にやるの？」

「ここまで来ておいて、何を今さら言ってるのよ」

「さ〜て、さっさと手続きを済ませよう」

「ま、待ってよう」

さっさと先に進む二人に、リオンは続いた。


三十分後、無事にギルドで冒険者登録を済ませたリオン達は、ギルドの内部にある酒場で一人の冒険者と卓を囲んでいた。

二十代半ばほどの、筋肉質な金髪の青年だ。

鉄製の胸当てを装備し、腰の後ろにはブロードソードを差している。

カー先生の幼馴染《おさななじ》みだというこの戦士の名前を、ヤンガー・ベルトランという。

普段は仲間とパーティーを組んで迷宮に潜っているが、今は休暇中らしい。

「君達が、カーの生徒でダンジョンの案内人《ガイド》を依頼した三人か」

「ええ、よろしくお願いするわ」

テーブル越しに、ソーコが代表してベルトランと握手する。

手を離すと、ベルトランは軽く肩を竦めた。

「言っちゃ何だが、素人《しろうと》はまず薬草の採取やお使いをお勧めするね。迷宮は命のやりとりが日常だぜ?」

「それは、承知の上よ」

「いやあ、分かってないと思うぜ。例えば君ら、コボルトって知ってるか?」

「ええ、最弱クラスといわれる魔物でしょう？」

「それだって、一般人には充分な脅威だ。そうだな、たとえるなら錆《さ》びた剣や斧《おの》で武装した子どもが数人単位、全力で君達を殺しに掛かるようなもんだ。ダンジョンにいる限り、何度もね」

「ひぅ……っ」

ベルトランの脅し文句に、リオンは身を竦める。

一方、それまで聞いているのかいないのか、ボンヤリしていたふうのケニーが黒髪をボリボリと掻《か》いて、手を上げた。

「ちょっとすまない。いいっすかね？」

「ん？」

ケニーは、ベルトランの背後にあるカウンターを指差した。

「依頼を破棄するのなら、俺達じゃなくてあっちだ。返金してもらって、別の人を雇う」

「ちょっ、ケニー君⁉」

「あのな、リオン。俺達はここに大人のお説教聞きに来たんじゃないんだ。昨日のうちに、保護者の許可も取ったんだ。あとはただ、やるべきことをやるだけなんだよ。他は時間の無駄。シンプルな話だろ？」

「そ、そうだけど……」

「二人とも、内輪揉《も》めをしている場合じゃないわよ。だけど、その通りね。自分達なりに準備も整えたのに、ここで大人の意見を聞いて一日過ごすっていうのは、少々予定と異なるわ。貴方《あなた》がその席から立ち上がらないというのなら、話はここまでね。誠に遺憾だけど、私達だけで探索することになると思うの。もちろん、ここには抗議はさせてもらいます。……私達が、生きて帰ってこられたらの話だけれど」

席を立とうとするソーコとケニーに、ベルトランが慌てた。

彼からすれば、依頼を受けたにもかかわらず、その遂行に難癖をつけ渋っている……と、依頼人に追求されているのだ。そりゃ必死にもなるよねえ……と、普段二人に振り回されているリオンは、ちょっと彼に同情した。

「いや行くよ！　行かないとは言ってないだろう⁉」

「……まったく、たったこれだけのことに、何でこんな時間が掛かってるんだ？」

「ケニー君は、せっかち過ぎるって……」

駆け引きもあるだろうが、ケニーの行動は基本的に本心からだ。

彼は面倒くさがりのくせに、とてもせっかちなのだ。

◇◇◇

ダンジョンとは、一言で言えば『モンスターの巣』だ。

成立条件はそのままモンスターが巣として作った場合もあれば、太古の魔術師が己の財宝を守るため罠《わな》と共にモンスターを設置した墳墓だったり、戦で滅んだ城砦《じょうさい》に亡霊が巣くい時空が歪《ゆが》んでしまった……というケースもある。

　エムロードの王都周辺には三つのダンジョンがあり、一つは北へ徒歩で三日掛けた山麓にある危険度Aランクの『長蛇の迷宮』、二つ目に南西に一日ほど掛けたCランク古代遺跡『逆塔の迷宮』、最後に王都から歩いて一時間程度、東郊外最寄りにある最下級Eランクの『試練の迷宮』だ。

　一行が訪れたのは、『試練の迷宮』だった。

　リオンの抱いていた迷宮のイメージ……湿っぽくて歩きにくそうな洞窟とは異なり、煉瓦《れんが》で組み立てられ、地面も舗装されていた。

　天井の高さは四メルトほどだろうか、幅は大体七メルトを上回る程度。なるほど、冒険者のパーティー前衛は三人が標準だと聞くが、それが互いの妨げにならない限界だろう。

　視界も思ったよりは悪くない……が、さすがにまあ薄暗い。

　これぐらいはしょうがないか、とリオンは思う。

　ここは冒険者ギルドの要請で宮廷魔術師が作り上げた、訓練用の人工のダンジョンという話だった。

　もちろん大地から魔力を吸い上げてモンスターが生じるし、死の危険はある。

　それでも危険度では、他の比ではないぐらい『安全』なのだという。

「しかし全員魔術師ってのは、バランス的にはどうなんだ？」

　先頭に立って進むベルトランが、こちらを振り返る。

　三人は相変わらずの草色のローブ姿で、リオンだけは弓を持ち、ソーコは杖《つえ》を装備、ケニーは素手だが手には皮の籠手を嵌《は》めている。

リオンの弓は、故郷が山奥でよく狩人の真似事《まね》もしていたから、という理由だ。

「私もそれは思わないでもないけど、全員戦士のパーティーもギルドにいなかったかしら？」

「まあ、魔術師や聖職者は数が限られているからな。だから、魔術学校の生徒が登録するって情報が入ると、普段はもうものすごいんだよ。奪い合いから喧嘩《けんか》になるなんてしょっちゅうさ」

ベルトランの言葉に、リオンとケニーは顔を見合わせた。

「そんなことは、まったくなかったよな？」

「むしろ、ちょっと笑われていたような気がするよね？」

「そりゃまあ……その草色のローブ。生活魔術科の魔術師が冒険者に登録なんて、普通ないからな。……なあ、預けた食料や道具類はどこにいったんだ？　全員、手ぶらに見えるんだが」

「それなら私が持ってるわ。亜空間に保管してあるの」

ソーコがそう言うと、その手の周囲の空間が歪み、次の瞬間には背負い袋が現れていた。

リオンの予想通り、ベルトランがギョッと目を見開いた。

「……時空魔術。レアじゃないか」

「さすが、知っているのね。預かった荷物はちゃんと私が全部収納してあるから、大丈夫よ。これが私のメイン生活魔術『収納術』の特性なの」

「ウチのパーティーにも魔術師はいるけど、適性ってのがないらしいからなぁ……まあ、だからこそのレアなんだが」

ベルトランは、頭をボリボリと掻きながらボヤいた。

それに対して、ソーコは肩を竦める。

「適性があるのは、まあ、千人に一人ってところかしら」

「噂《うわさ》に聞く時間操作や空間転移、空間拡張とまでは言わねえけど、『収納術』一つあれば探索がすごく楽になるのになぁ……ま、ないモノねだりしてもしょうがないんだが。っていうか、普通の時空魔術と生活魔術の『収納術』ってのは、どう違うんだ？」

「分類としてはどちらも同じ、時空魔術よ。ただ『収納術』はパッケージ化する分、適正値が低くても使用可能になるの」

ソーコの説明に、ベルトランは真顔で頷《うなず》いた。

「なるほど、分からん」

「……」

ソーコがケニーに狐面を向けると、彼は面倒そうにため息をついた。

そして、自分の周囲、すなわちダンジョンに向けてグルリと大きく手を広げた。

「つまり時空魔術ってのはこう、自分の周囲の空間を自由に使えるぞ。さあどうぞ。って魔術なんだよ。そう言われても、大雑把過ぎてピンと来ないだろ？」

「そりゃまあ、そうだ」

ふむ、とベルトランが頷いたので、ケニーは大きく広げていた手で今度は一抱えほどある四角を作った。

「『収納術』ってのは、ここに『木箱』があるから好きに『物を入れろ』っていう生活魔術。『器の大きさ』とそこで『何をするか』が決められている分、魔術師としては術の使用が容易になる。これがパッケージ化。ソーコはさっき、時空魔術の適性は魔術師の中でも千人に一人って言ったけど、『収納術』に絞れば二十五人に一人ぐらいになるんじゃないかなって言ったんだよ。これが適正値が低くても、使用可能になるって意味。火属性魔術師でなくても、発火の魔術は使えるだろ？　最終的な理想はそういう誰にでも使えるレベルだけど、道のりは遠いな。適性が必要な分、まだまだレアだ」

そして、このレアな魔術を活《い》かして、ソーコは『第四食堂』の調理器具や食材を保管していた。

それだけではない。

学院の様々な科の機材も、預かったりしていた。もちろん預かった道具を勝手に利用したりはしていない。

ただ保管するだけではない。例えば重い機材の搬入も、ソーコに掛かれば難なく可能だった。

もちろんそれも昨日までの話。

ソーコは予算会議において、戦闘魔術科以外の科にも怒っていたのだ。生活魔術科に対する理不尽な仕打ちから目を逸らせたので同罪だと。

あの日、ソーコとケニーが連れ立って部屋を出ていった後、彼女は学院内を巡り、これまで『預かって』いた様々な道具類を返却したらしい。

このダンジョンでも、収集したモンスターの素材の持ち運びに、重宝されるのは間違いない。

一方のケニーは、整備された迷宮を見渡していた。

ダンジョンというよりは、広い通路だ。

間隔を置いて、火が焚《た》かれているので視界は悪くない。

悪くないが……良くもない。

「少し暗いな」

「そりゃ、さすがにダンジョンだからな」

「『明るくなれ』」

ケニーは手をかざして、呟《つぶや》いた。

途端、リオン達の周囲をほどよい明るさが満たしていく。

「ライティングの魔術か。初級だけど便利だよな」

「……厳密にはちょっと違うんだけど、まあ面倒だしいいや」

ベルトランは戦士職で、魔術にはそれほど詳しくないのだろう。

だけどリオンは知っている。

通常の灯り《ライティング》の魔術は、光球が出現する。

つまり光源だ。

けれども、ケニーの魔術には光源が存在しない。

些細《ささい》なことのようで、実は大きく違う……というか、ケニーの使う魔術は通常の生活魔術とは、まったく異なるのだ。

ただ、ケニーが言わないのだから、リオンもベルトランに教えたりはしない。

大胆に使っているが、実はケニーのそれは、ソーコの時空魔術を超えるチートなのだ。その本質を知っているのは、学院内でもごくわずかしかいない。

基本的に大抵のことをこなせるが、ケニーも昨日、各科を回って、生活魔術科としてこれまで行っていた協力を全て断ることにした。

実際、戦闘魔術科での傷の治療や道具類の修復、召喚魔術科や呪術科での儀式の準備、精霊魔術科や心霊術科での交霊交渉、錬金術科での錬成時間の短縮……というのは、なくても問題はない。

ただ、単純に時間や手間が掛かるだけだ。

今頃、学院のそれぞれの科は大幅なスケジュールの変更を余儀なくされ、大騒ぎになっているだろう。

もっともそれは、予算が削られた生活魔術科だって同じなのだけれど。

なんて考えている間も、ベルトランはケニーと話を続けていた。

「なあケニー。他に使える魔術はあるのか？　ファイヤーボールとか魔力の矢とか」

「料理や掃除の魔術なら使えるけど、攻撃系とかそういうのは興味がないから習得してないんだ。日常生活に火の玉の使い道があるなら教えてほしい」

「そりゃ確かにないな」

攻撃用の火球では、鍋の湯を沸かすことはできない。

火力が強過ぎて、大抵中の水が蒸発するか最悪、鍋が爆発する。

この火力を弱め、家庭用や工業用に調整するのが、生活魔術だ。

例えばソーコの時空魔術で言えば、見かけ以上の容量がある鞄《かばん》や革袋を開発したりするのが、これに該当する。

さて、ベルトランの視線がリオンに向けられてきた。

リオンの魔術はといえば……。

「え、ええと、わたしの魔術は、その……」

「何遠慮してるんだよ。見栄えと分かりやすさなら、リオンのが一番だろ」

「う、うーん……じゃあ、出て。『影人《シャドウ》』」

リオンは足下に生じている、自分の影に魔力を込める。

すると、厚みのない黒い影がゆっくりと起き上がってきた。

影や人形を触媒とした、霊的存在の使役。

それがリオンの魔術だ。

ゆらゆらと、薄っぺらい影は指示を待ったまま身体をふらつかせている。

「おっ、嬢ちゃんは召喚術師《サモナー》なのか」

「あ、いえ、どちらかといえば呪術師なんですけど」

「まあ原理は違うけど、使い魔的な存在って点では似たようなもんだよな」

「うーん、どうなんだろ」

ケニーの大雑把な解釈に、リオンは言葉を濁す。

亡くなった、師匠である老魔女は、その辺りは教えてくれなかったのだ。

ただ、便利なのは間違いない。

距離と呼び出せる数に限りはあるが、それでも特に人手がいる作業、例えば食堂の給仕や各科の準備作業には、大いに活躍していた。

もちろんこの使い魔達による作業も、今日リオンが迷宮を訪れている以上、学院がアテにする事はできない。

まあ、彼女がいなくても何とかなるはずだ。

これまでリオンが一人でこなしていた作業を、自分達でやるだけなのだから。

「この影は壁役として使えるのか？　もちろん第一層程度なら俺一人でも充分だが、自力で身を守れるっていうのなら維持してくれると助かる」

ベルトランの言葉は、慢心でも増長でもない。

中級冒険者の実力ならば、初心者用ダンジョンのしかも出入り口程度の魔物なら、文字通り一蹴できる。

ただ、それでもダンジョンでは何が起こるか分からない。

万が一を心掛けるのが、冒険者の心得というモノなのだろう。

「そういうことなら、こっちかなぁ。出て、『力人《アーム》』」

リオンは、腰につけていたファーアクセサリーを軽く叩く。

ネコの尻尾のように見えるそれは、実際には魔女の森に住む巨猿、エイプの賢者から与えられた毛で造られた飾りだ。

リオンの魔力に反応し、三体の巨猿が出現する。

「おお、こりゃあ、大したもんだ。嬢ちゃんなら、冒険者として普通にやっていけるかもな」

「そ、そうですか？」

ベルトランの要請で、巨猿達は最前列を歩くこととなった。

腕力は強いし、身体も頑丈だ。

しかも、もし万が一、モンスターにやられたとしても消えるだけで、リオンがまた魔力を込めれば復活する。

普段は、力仕事に使用しているのだが、敵を防ぐのにもうってつけだろう。

「あのー、モンスターの姿をあまり見ないけれど、ペース的にはこんなモノなんすかね」

なるほど、言われてみればそれなりに歩いているのに、まだモンスターとは遭遇していない。

リオンとしては、そんな頻繁に遭遇するのも、ちょっと怖いのだけれど。

「ケニーはマイペースだな。第一から第三階層まではチュートリアル的な面があるし、そんな頻繁にモンスターは出ないよ。といっても出ることは出るし、危険度は地上と比較にもならないけどね。ほら、早速来た」

噂をすればなんとやら。

ベルトランの指差した先には、小柄な緑色の小鬼、ゴブリンが三匹、こちらに気付いて駆け寄りつつあった。

錆びた剣や刃こぼれした斧を振り上げ、殺意をこちらに振りまいてくる。

「出たぁっ⁉」

「そんなに驚くことないでしょ、リオン。分かりきってたことじゃない。それよりも、ほらお仕事よ」

「う、うぅ……分かった。『力人《アーム》』はわたし達を守って」

ソーコにしがみつきながら、リオンは巨猿達に指示を送る。

短い咆哮《ほうこう》を上げて、巨猿らはゴブリンを通すまいと手を突き出した。

ただそれだけで、ゴブリン達はこちらへ進むことができなくなった。

「うっし、じゃあ行くぜ」

巨猿が足止めをしている後ろで、ベルトランも剣を抜いていた。

スルリと巨猿の隙間を抜け、刃を振るう。

剣閃《けんせん》が瞬いたかと思うと、戦闘と呼ぶのもあっけなくゴブリン達は絶命した。

正に瞬殺であった。

「なるほど、言うだけのことはあるな」

「って、ケニー君は何でそんな上から目線なの⁉」

「雇い主だからだ」

「うん、ここはふんぞり返って高みの見物をしていていい場面だわ」

リオンと異なり、いつもとても態度の大きい二人であった。

「感想は？」

「私、ちょっと甘く見ていたみたい。殺意のある相手と相対する、っていうのは思っていた以上に応えるわね」

「え？」

「何よ」

……いや、ソーコちゃん、あれでプレッシャー感じてたの？

全然そうは見えなかったんだけど、と突っ込みたくなったけど、何の得にもならないのでリオンは黙っておいた。

一方、ケニーはメモを書き込み、鉛筆の尻部分で頭を掻いていた。

「最初から上手くいくとは思っちゃいないが、依頼を出して正解だったな。灯《あか》り、マッピング用の紙と筆記具、火打ち石に革袋に水袋、フック付きロープ……と道具は結構必要だ」

「いくつかは私達で分業できるわね」

「食料や寝床関係も、俺達でどうにかなるな」

「そこはまあ、生活魔術師だからね」

ソーコとケニーが相談を始める。

必要なモノのリストアップはケニーの担当、ソーコはそれらを亜空間に収納。

リオンの知っている、いつも通りのやり取りだ。

モンスターの素材は、ベルトランが回収する。これも、彼の報酬の一部だ。

「なあ、それより本当に君達三人で、ダンジョンを潜る気か？　あ、そうか。他に誰か戦士職を入れたりする予定があるとか」

懸念するベルトランに、ソーコは首を振った。

「ないわ。私達三人で潜るつもり」

「ま、その方が気楽だからな」

「って言ってるけど……君はどうなんだ？」

「まあ、この二人がいるなら、多分何とかなると思います」

リオンは笑ってごまかした。

嘘《うそ》は言っていないんだけれど、もう一つ事情があることをリオンは知っていた。

もはや、ベルトランも止めるつもりはないようだ。

とはいってもため息の一つも、ついてはいるけれど。

「そうか。ところで依頼だと、迷宮内に泊まるって内容だったが、そろそろいいか？　こんな浅い階層でキャンプってのも珍しいんだが」

「時間に関しては任せるわ。宿泊用の道具に関しては、こっちに任せて」

「分かった」

ダンジョンは『通路』と『部屋』で構成されている。

『部屋』は『通路』よりも幅が広く、『通路』よりも戦いやすい。ただし、それはモンスターも同条件だ。

しかし『部屋』は一度制圧すればモンスターの出現も把握しやすく、冒険者達はここを休息に利用するのがセオリーなのだとベルトランは説明してくれた。

そんな『部屋』の一つで、ソーコは亜空間から十メルトはあろうかと思える大きな円柱を取り出した。

いや、絨毯《じゅうたん》を丸めたようなモノだったので、そう見えただけだ。

それをケニーと、リオンが呼び直した『影人《シャドウ》』が皺《しわ》にならないように広げていく。

『部屋』は充分に広く、天井も『通路』より高い。

広げられた白いシートには、四人が余裕で入れるぐらいの巨大な円が描かれていた。

「それは？」

「テントだよ。まあ、これだけじゃただの絨毯に見えるか。ソーコ、広げたぞ」

「ご苦労様。みんなシートから離れててね。それじゃ、『展開』」

ソーコがパチンと指を鳴らすと、シートの円が勢いよく盛り上がり始めた。

「うおぉっ⁉」

ベルトランが、驚きのあまり仰《の》け反る。

その間も円、いや太い柱が天井に向かってせり上がり、やがて止まった。

出来上がったのは、ドーム状の屋根を持つ太い円筒形の建物だった。

高さは壁部分だけで二メルトほどか。

素材はシートと同じ、丈夫そうな布のようだ。

ご丁寧に、出入り用のドアまで用意されている。

「こ、これがテント……なのか？」

「見ての通り、ね。ちょっと独特な形だけど」

「リオン、『影人《シャドウ》』に土台の固定をさせてくれ。俺は魔物除《よ》けの香を焚く」

「うん」

「中に調理器具と食材出しとくから、リオンこっちの準備もお願い」

「はーい」

指示されるまま、リオンは複数の『影人《シャドウ》』を操っていく。

この辺りは、慣れたモノだ。

「……使い魔、便利だな」

「えへへ、これが取り柄ですから」

テント内に、次々とソーコが亜空間から必要なモノを取り出していく。

人数分のコンパクトなベッドにテーブル、椅子、香炉、チェストに簡易な調理場。

『影人《シャドウ》』の活躍で、あっという間に内装は調った。

「『湯は沸け』『パンは焼けろ』『肉も焼けろ』『細切れになれ』『スープになれ』……。はい、粗末だけどパンとプレーンオムレツ、温野菜添えのステーキに、コンソメスープだ」

料理の担当は、ケニーだ。

彼が呟くと、火に掛けたばかりの鍋の湯が即座に沸騰し、パンと肉もこんがりと焼け、細かく刻まれた野菜が鍋に飛び込んでいく。

学生食堂のように大量に作る時は、ケニーからレシピを預かったリオンと『影人《シャドウ》』が料理をするのだが、数人単位なら大抵、彼が行う。

曰《いわ》く「人間生きているうちに食べられる料理の数は限られているんだから、旨《うま》いモノをより多く食べたい」のだという。

別にリオンの料理はまずくはない。

だが、間違いなく三人の中で最も料理が上手いのはケニーだ。

……ものの数分で、中央の大皿にパンが盛られ、バターと数種類のジャムが置かれている。

各自の前には肉料理とスープが用意されて、この日の夕食は完成した。

なお、ソーコの料理スキルについては、彼女の名誉のため、敢《あ》えて言及しないでおこう。

「出張『第四食堂』ね」

それぞれが一にして全、この世界そのものである万能の聖霊に祈りを捧《ささ》げ、食事を始める。

ベルトランは、スープを一口飲むと、目を見開いた。

「……迷宮でこんな旨い飯は、初めてかもしれん。つか調味料まであるのかよ」

リオンの口に広がるのも、確かに出汁《コンソメ》の味だ。

それに塩胡椒。言うまでもなく貴重品だ。

パンも温かくフワッとしているし、濃いソースが掛けられ、ほどよく焼けた肉はナイフで切るたびに肉汁が溢れ出ている。

バターもジャムも、彼のお手製だ。

ケニーは料理にかけては妥協しない。

日々、新しい味を求めて、王都の名店から知る人ぞ知る屋台まで、食べ歩きを行っているのだ。

……だからこそ、予算を削られて激怒したのだ。

「さすがにお酒は用意してないわよ。私達みんな飲めないから」

「水が、しっかり冷えてやがる。食器も普通、金属か木製なんだがなあ」

ベルトランが、水滴のついた透明なグラスを軽く指で弾《はじ》いた。

「それもまあ、ソーコがいるからできる冒険中の食事だよな」

「褒めても何も出ないわよ」

ソーコが、テーブルの下にあるケニーの足を蹴っ飛ばした。


夕食の後片付けを終え、本来の野営ならあとは寝るだけなのだが、そこは生活魔術師が一手間を掛ける。

「『きれいになれ』」

ケニーが手をかざすと、本人も含めた全員の身体を淡い青の光が包み込んだ。

身体の汚れが清められ、戦闘で疲労していた肉体が癒やされていく。

「浄化魔術まで……多芸な奴だな。それとも生活魔術師ってのは、それが普通なのか？」

ベルトランが自分用のベッドに腰掛けながら、ケニーに尋ねる。

リオン達も同じように、それぞれのベッドに腰を下ろした。

「一般的かどうかはちょっと自信がないな」

「悪くはないんだけど、やっぱりシャワーの方がサッパリするわね」

「さすがに、それは贅沢《ぜいたく》ってもんだろ。俺にしてみれば、これだけでも充分にありがたいね」

「衛生的にはシャワーより浄化魔術の方が上なんだが、その辺は気分の問題だろうな。……精神的な疲労を癒やすって意味では、新しい魔術の開発を検討するべきか？」

「いやいやいや、そこまで拘《こだわ》らなくてもいいだろ⁉」

「えっと、実際のシャワーじゃなくても、そんな感じのエフェクトを用意するだけでも、気分的には変わってくるんじゃないかな？」

リオンの提案に、ケニーは手を合わせる。

「お、そのアイデア頂き。今度試してみよう」

「あとは夏冬用に、温かいのとか冷たいのとかがあると、なおいいわね」

ソーコがさらにアイデアを提示する。

ちなみに出されたアイデアで有効そうなモノは、次の時に大体ケニーは実現させている。

「温度といえば、ここって思ったより湿気がないよね。ダンジョンってもっと湿っぽいと思ってたんだけど」

リオンは香茶を飲みながら、感想を漏らす。

湿っぽさがない訳ではないが、想像していたよりはずっと快適だ。

「迷宮によるぞ。ここは初心者用だから最下層までこんな感じだが、偽物の太陽の下に森林があったり、火山地帯や氷雪地帯も存在する迷宮もある」

ベルトランの説明に、ケニーの前髪の奥にある瞳が光る。

「ほほう。温度調整の魔術は学院でも使ってるけど、一般の生活魔術とは、色々と勝手が違ってくるようだ。なかなかやり甲斐《がい》があるな」

確かに、とリオンは思う。

これまでは主に学校生活の中で、快適さを求めた魔術を追求してきた。

一般家庭用の生活魔術もいくつか作れている。

しかし、冒険者向けの生活魔術というのは、これまで手を伸ばしたことのない分野だ。

「そういや三人は何で、生活魔術なんて学んでるんだ？」

「ベルトランさんは何で、冒険者なんてやってるのよ」

ソーコが皮肉で返すと、ベルトランは苦笑を浮かべながら首を振った。

「……言い方が悪かった。ただの世間話だ。生活魔術を学ぼうと思ったきっかけはあるのかって、聞きたかっただけだよ」

ふむ、とソーコが首を傾《かし》げた。

「戦闘用魔術は学ぶ人が多いわ」

「そうだな」

「生活魔術は地味だし、学ぶ人間は少ない。つまり、手つかずの部分が多く、可能性は広く、競争相手は少ない。研究する者としては、かなり美味しい分野って訳よ」

リオンの聞いた話では、ソーコの実家は魔術師の家系であり、家族の誰もが何らかの魔術で成果を上げているのだという。

逆に成果のない人間は、そもそも家族と見なされない。

もっとも、別に家族の一員でいたいから……などという情が理由でソーコが生活魔術師を選んだ訳ではないようだが。

本人の言うように、あまり手がつけられていないというのが最大の理由だろう。

「似たようなもんだが、俺は自分が楽をしたいからだ。できれば寝転がったまま何にもしないで暮らしたいんだが、そういう訳にもいかない。だから自分の生活を楽にするための、生活魔術の開発。あわよくば、その使用料で不労所得が得られればなおいい。旨い飯を食うにも元手がいるし」

ケニーの場合は、楽な生活を求めてという至極分かりやすい事情だ。

似たようなモノ、という部分に関しては、リオンは聞いたことがある。

曰く、戦闘魔術ばかり優遇されているのは気にくわないので、何となく生活魔術《こちら》を選んだというかなり適当な事情だった。

そしてリオン自身はといえば……。

「わたしは戦うのとかあんまり好きじゃないですし、でも家事は割と好きだから……って理由ですけど」

「え、でもダンジョンに潜るんだよな？」

「そうなんですよねえ」

どうしてこんなことになっているのか……といえば、大体戦闘魔術科が悪い。

予算を削られたというか実質、根こそぎ分捕られてしまい、生活魔術科は独自に稼がざるを得なくなった。

『第四食堂』も実はカツカツだが、続けようと思えば続けられた。

ただ、しばらくは学院での活動はやめておこう、という気持ちが今のリオン達にもある。

要するに、自分達は舐《な》められているのだ。

あんな仕打ちを受けておいて、それでもニコニコと笑顔でみんなの手伝いをできるならそれはそれですごいが、リオンもそこまで大人ではない。

なので学院外での活動……という選択肢だったのだが。

いざとなれば、ノウハウを活かして王都内の様々な店舗で働くという手段もあった。

リオンの場合は人手が必要な環境ならば、どこでも稼げる。ソーコならば運送業でもすれば引く手数多《あまた》だろうし、ケニーの料理の腕ならば大抵の料理店で受け入れてもらえるだろう。

そこで何故、冒険者なのかというと。

「リスクが高い分、収入もいいからよ」

「稼ぎたい時に稼げる、っていうのはいい。ただ、ずっと続けるつもりはないけどな」

……ソーコもケニーも、基本的に誰かの下で働くというのに向いていていない。

できるかどうかでいえばできるのだろうが、危険があろうとストレスの少ない仕事を選んだのだった。

そうなると、リオンだけ真っ当な仕事というのも、つまらない。

「二人が行くって言うんなら、わたしもそっちがいいかなーって」

そうした理由だった。

「リオンにはいてもらわないと困るわ」

「そうだぞ。俺がソーコに襲われたらどうする」

「誰が襲うのよ！」

「普通、男女逆じゃないのかなあ」

それを言ったら、男女同衾《どうきん》の現状、自分の身も危ないはずなのだが、リオンとしては何故かその辺の危機感は薄かった。

ベルトランにしても、カー先生の紹介だし妙なことはないだろう。彼が言うには、冒険者の場合、いちいち男女に分けていると荷物が増えてしまうので、むしろこれが普通らしい。

「生活面では、冒険者としても何ら不便がないってのは分かった。でも君らの場合は攻撃手段が最大の課題になりそうだな」

「うーん、まあ、今のところ、わたししか武器は持ってませんけど……」

リオンは、弓の弦を確認する。

「だろ？　生活魔術じゃ攻撃はできないし」

一応、壁役となる『力人《アーム》』ならば、このダンジョンぐらいなら何とか攻略できるかもしれない。

が、それでも三人中二人が、頼りにならないというのはきつい。

まともに見れば、そう考えるのが普通だろうが……。

「そうでもないわよ」

「俺も、それなりに思いついた」

ソーコとケニーは不敵に笑う。

「何？」

「手段は秘密」

「いざとなれば、俺が包丁でも使うよ」

そんな感じで、この日は終了した。

◇◇◇

翌日の朝食は、バターを塗った焼きたてトーストをはじめとした各種パン類。

昨晩に続いて、ジャム類も複数用意されている。

メインはケチャップの掛かったスクランブルエッグと二本の茹《ゆ》でソーセージ。

新鮮な野菜サラダに、コーンポタージュスープ。

飲み物は豆茶か香茶、果実ジュースから選択。

デザートにフルーツのヨーグルト掛け。

ベルトランに言わせれば「ありえねえ……」内容らしい。

もちろん、全部平らげたのは言うまでもない。

「リオンの使い魔について、少しアイデアがある」

「うん？」

ケニーが魔術で洗い終わった食器を、リオンの『影人《シャドウ》』がまとめていく。

あとはテントと共に、ソーコが亜空間に収納するだけだ。

「いつも、依代《よりしろ》に自分の影や人形を使ってるだろ？　それってモンスターの身体の一部でもできるんじゃないか？」

「どうなんだろ。試したことがないから、分からないよ」

「なら、まずはやってみるべきね」

それが、リオン達の今日の課題となった。

三人が一斉に、武器の整備をしていたベルトランの方を向く。

「材料調達、よろしく」

「って、そうなるのかよ！」

「まともな戦力は、アンタだけだからな。まあ、これをサービスするからさ。『鋭くなれ』」

ケニーが唱えると、ベルトランの武器が一瞬、淡い光に包まれた。

光が消えると、彼の剣はピカピカに輝いていた。

「おおお、俺のブロードソードが新品同様に!?　ちょっ、これ先鋭化の魔術じゃねえのかよ!?」

「先鋭化？」

ケニーが首を傾げる。

「戦闘用の魔術の一つで、一定時間武器の鋭さを増す力があるんだ。違うのか？」

「何で一定時間なんだよ、ケチ臭い。包丁と同じように、普通に研げばいいじゃん」

ケニーが使ったのは、彼が切れ味の鈍った包丁をいちいち鍛冶屋に持っていくのが面倒くさくなって編み出した、先鋭化とはまったく異なる魔術である。

「包丁研ぎ魔術……!!　そりゃ確かに肉を切る包丁のようなモノだが……っ!!」

ベルトランが呻《うめ》く。

魔物を相手に戦う冒険者として、何らかの葛藤があるようだった。

「とにかく、さっき言った材料調達の方は頼む」

「……分かったよ。これも仕事だ。ただし、素材の回収は次から手伝ってもらうぞ」

「それはいいわ。どうせおぼえなきゃならない技術だし」

ソーコが承知するのをよそに、ケニーは屈《かが》み込むと石畳に手を当てていた。

「……『敵はどこだ』？　……よし、そこの角を曲がった所にスライム一匹とゴブリン三匹がいる」

「何で分かるんだよ!?」

「勘みたいなもんだよ。気にしないでくれ」

ケニーが軽く流している間にも、実際に正面の角からゆっくりと粘液状のモンスター、スライムが姿を現した。

ベルトランがあっさりとスライムとゴブリンを蹴散らし、その素材を集めていく。

ケニーは手早くゴブリンの牙と何故か手持ちにあったビーズを紐《ひも》で繋《つな》ぐと、ブレスレット状に加工した。

リオンが呪術を施すと、使い魔を呼び出すボーンアクセサリーとなった。

「できたー」

実際に使用して出現したのは、当然ながらゴブリンだった。

ただ、本来のモンスターのそれとは異なり、つぶらな瞳でどことなく愛嬌《あいきょう》のある感じだった。

手には剣と盾、半ズボン以外の衣服は纏っていない。

「ゴブリンは牙を使ったからまあいいとして、問題はスライムの方だな。時間が経過すると腐敗するだろう、これ」

「そっちを素材にするのは、諦めたら？」

「確かにそれが一番シンプルだが、手札は多い方がいいだろ？」

ソーコの問いに、ケニーは首を振る。

ふむ、とソーコが首を傾げた。

「私のスキルで、預かっとくっていうのは？　時間の経過関係なしだから、かなり長持ちするわよ？」

「それだと、召喚時に取り出す手間が必要になる。携帯性を重視すべきだろ。理想はやはりアクセサリー類にすることだな」

「腐敗しないように保存し、かつアクセサリー……難題ね」

しばらく、二人が思考に没頭する。

ボリボリとケニーが頭を掻き、ソーコは腕組みをして沈黙を取った。

ベルトランが、リオンに目配せしてきた。

「……先に進むか？　それとももうちょっと待っていた方がいいか？　別に急ぐような仕事じゃないが」

「た、多分、もうすぐですよ」

よくあることなのだ。

そしてリオンの言った通り、その直後にケニーが顔を上げた。

「一つ思いついた。琥珀《こはく》を使うのはどうだ？　樹脂ならスライムの核も包み込めるだろ？」

「ああ、なるほど。その方法なら確かに保存できるわね。でもちょっと高くつかない？」

「まずはできるかどうかの実験だろ。樹脂の入手は、錬金術科の伝手《つて》を頼ろう」

「分かったわ。メモしとく」

阿吽《あうん》の呼吸のケニーとソーコに、ベルトランは何ともいえない表情をしていた。

「……なあ、あの二人は付き合ってるのか？」

「よく言われるんですけど、そういうのじゃあないんですよねえ」

リオンは、使い魔であるゴブリンを、『緑鬼《グリーン》』と呼ぶことにした。

同時に呼び出せる数は、三体が限界だ。

アクセサリーを核に意思が一つあるが、その一つの意思が三体を動かすようになっている。

半ば自動的だが、リオンが指示を与えるとそれに従うようになっていた。

『力人《アーム》』から『緑鬼《グリーン》』に切り替えての戦闘となると、『力人《アーム》』ほどの頑丈さはないが、その分すばしっこく手数も多い。

「こりゃ便利だ。もっと早く作ってもらえば良かったな」

「うわわ、でも、制御がちょっと難しいよ、これ」

「リオンはできることをやればいいのよ。元々戦うのは、あの人の仕事なんだから」

三人の中で、目を回しているのはリオンだけだ。

彼女の使役する『緑鬼《グリーン》』がモンスターを翻弄し、ベルトランはその隙を突いて次々と屠《ほふ》っていく。

「確かにな！　嬢ちゃんは、そこの二人を守ることだけ考えてくれりゃいい。もちろんそれも、俺の仕事でモンスターを通すつもりはねえんだけど……なっ!!」

効率は以前よりも良くなり、一抱えほどもあるネズミであるジャイアント・ラット、角の生えたウサギのアルミラージ、犬の頭を持つ二足歩行型モンスターのコボルト、俗に鬼火とも呼ばれる青白いウィル・オー・ザ・ウィスプなども、次々と倒してはその素材を集めていった。

モンスターを倒しながら一行はダンジョンの奥へと進み、やがて下へ降りる大きな階段の前に到達した。

そこからはとんぼ返りだった。

行きに一泊したのは何だったのかという速度であっさりと、四人はダンジョンを脱出した。

都市に戻ってもまだ、日の高さは昼下がりといったところだった。

冒険者ギルドのカウンターで手続きを終え、四人は酒場の席に着いた。

「これで依頼は完了したが、二人はいいのか？　自分達の戦い方を思いついたとか言ってたけど、現場で試してみなくて」

ベルトランは、ジョッキの麦酒を呷《あお》った。

仕事の後には、必ずこれで一杯、なのだそうだ。

リオン達は、果実水である。

「いいのよ。適当な場所で試すから」

「実戦で駄目でも、リオンの使い魔で逃げる時間ぐらいは稼げるだろうしな」

「わたし、アテにされてる⁉」

「こういうのは、頼りにしてるって言うのよ。あなただけに戦わせる気はないし」

「最悪のケースは考えておいて然《しか》るべきだろ。多分そうはならないだろうけど」

「あ、そうだ。絶対ポーションは忘れるなよ。あれが一本あるかないかで生死が分かれる場合だってあるんだからな」

リオン達の言い合いに、ベルトランが思い出したように口を挟んだ。

「回復魔術が使えたとしても？」

「使えるのか？」

「回復魔術は、使えないわね」

……回復魔術は使えないけど、傷をなくす手段をソーコとケニーは持っている。

ただ、そうした力を持っていることが分かると、冒険者パーティーからの勧誘があるらしいので、黙っておくことにしたのだろう。もちろん、リオンも喋《しゃべ》るつもりはない。

「回復魔術が使えたとしても、持っておいた方がいい。魔力が切れて追い詰められるってケースもあるんだから」

「なるほど、それはあり得るわね」

「なら、魔力ポーションもあった方がいいんじゃないか？」

ケニーのもっともな反論に、ベルトランは肩を竦めた。

「そりゃ持てるなら持った方がいいけどな。通常のポーションと比較しても高価だ。初心者は割に合わねえよ」

「そういうもんか。いや、ためになった」

◇◇◇

三日後、リオン達三人は再び『試練の迷宮』に足を踏み入れていた。

日を置いたのは、ベルトラン曰く「自分達が思っている以上に疲労しているはずだから、探索が終わったらしばらくは地上で休むのがセオリー」とのことなので、そのアドバイスを守ったのだった。

三人の中で装備に変化があるのは、リオンだけだ。

イヤリングやネックレス、手首やベルトといったあちこちに、下品にならない程度にアクセサリーで身を固めている。もちろんただのそれではなく、使い魔を呼び出すためのマジックアイテムだ。

リオンは前衛として、ゴブリンである使い魔『緑鬼《グリーン》』と、コボルトの使い魔『犬頭《ワンコ》』、アルミラージの使い魔『角兎《ステップ》』を一体ずつ召喚してある。

「それじゃ、始めるわよ。本日の目標は第一層の踏破。それと私達の術の威力の確認」

「オーケー。じゃあまずは俺から。『敵はどこだ』」

地面に手をつけ、ケニーが『力ある言葉』を唱える。

「あっちだな」

「敵、ゴブリン一匹だよ！」

リオンは使い魔達を待機状態にして、最初の一撃をケニーに託す。

「一匹だけか。なら『燃えろ』」

「ギャウッ⁉」

ケニーが指差し呟くと、ゴブリンはその言葉の通りに燃え上がった。

一瞬で絶命したのか悲鳴は短く、その燃えさかる炎もすぐに静まった。

「これはまた……見事に瞬殺ね」

「複数相手なら『まとめて燃えろ』で済むな。大体は、これで片付くだろ」

「これってもっと単純に『死ね』でもいいんじゃない？　素材のことを考えると、むしろその方がいい気もするんだけど」

確かに、文字通り跡形もない状態で、素材を手に入れることは不可能だ。

ただ、それに関してはケニーにも言い分があるようだ。

「この手の命令に生き物は抵抗するんだよ。特に『死』に対しては強い。もちろんできるかどうかなら、できるんだけどな。成功率は低い。魔力の消耗を考えると『燃えろ』が一番効果がある。それに通り掛かった冒険者が見ても、炎系の魔術と勘違いしてくれるだろ」

「なるほど、一応考えてるんだ」

もしくは『凍れ』でもいいかもな、とケニーは呟く。

けれど、それはそれで素材回収を目的とするなら、解凍が面倒くさそうな気がするリオンであった。

――『七つ言葉《セブン・ワード》』。

一にして全、この世界そのものである万能の『聖霊』へのアクセス権。

彼が一言命じれば、それは現実となる。

どの魔術系統にも属さない、ケニーの無類《ユニーク》魔術だ。

一度に七文字分の命令しかできないが、それでもその価値は途方もない。

ベルトランは生活魔術というモノを詳しく知らなかったから、ケニーがポンポンと使っていた魔術がそれだと解釈してくれていたが、本来は学院はおろか王国最重要機密扱いされてもおかしくはない魔術なのである。

実際、学院長とカー以外には、この場にいる二人しか、ケニーの魔術の正体を知らない。

それ以外の教師や生徒達は、『ケニーは便利な生活魔術を使う』という認識となっている。

むしろ、ケニーの場合は『七つ言葉《セブン・ワード》』を一般の生活魔術に落とし込むのが、課題であった。

今のところ、『鍋に落とすと中の水が一瞬で沸騰する宝玉』や『回数制限ありだが食事が出てくるランチョンマット』などが、ケニーの生活魔術師としての成果だった。

……まだ若干コストが高くつくため学院内での評価は低いが、何故か一部の貴族を含めた愛好家《ファン》がついていたりする。

そちらに資金援助を頼めばいいいんじゃないかなあとリオンは思ったりもするのだが、多分ケニー的に「それは何か違う」のだろう。

「じゃあ、私のは強いて言えば、風系……真空波的なビジュアルになっちゃうのかしら」

大部屋には、ジャイアント・ラットとアルミラージの群れがいた。

数は合わせて十程度だろうか。

初心者パーティーならば、少々難易度の高い相手だが……。

「『全門閉鎖《オールクローズ》』」

ソーコが呟くと同時に、その場にいたモンスターがバラバラになった。

さながら、鋭利な刃物で切断されたかのような倒され方だった。

「な、何、どうやったの？」

「収納術だ」

困惑するリオンに答えたのは、ケニーだった。

「え？」

「開いた扉を勢いよく閉めた……そうだな？」

ソーコは得意そうに、狐耳と尻尾を揺らした。

「ご名答。リオンも知っての通り、私の亜空間への収納は、こちらとあちらを繋ぐ扉を用意することなの。この扉っていうのは、すごく薄い……というか物理的にはあり得ないけれど薄さはゼロ。ゼロだけど、その扉に敵を通して勢いよく閉じれば」

説明を受けたリオンは、頭の中でそれをイメージする。

つまり刃のような扉の途中までモンスターを通す。

そして強制的に遮断すると……。

「切断される……？」

「そう、つまり瞬間的にいくつも出現するギロチンだ」

「そう言われると、すごく物騒なイメージね。ともかく、この……『空間遮断《ギロチン》』でいいわ。『空間遮断《ギロチン》』はどんな硬い敵でも切断する。ケニーと私で攻撃は受け持つわ」

「心強いけどソーコちゃん、大丈夫？」

ソーコの時空魔術は便利で貴重だが、代償を伴う。

彼女がリオンやケニーよりも、ずっと年下に見える原因が、それだ。

母国であるジェントにいた頃、何やら「色々あった」らしい。

だが、本人は意に介した様子もないようだった。

「私の術の代償は、使用一回につき一秒分の肉体年齢の逆行。よっぽど乱用しなきゃ問題ないわよ」

「俺の魔術は七文字制限。あらかじめ言葉を組んでおきゃいいだけの話さ。二文字か三文字が理想だし、やっぱり『燃えろ』がメインになるだろう」

そんな代償や制約があっても、それを上回るメリットが二人の魔術にはある。

今の三人の草色のローブには、ケニーの『鎧《よろい》になれ』が込められていて、防御面でも万全だ。

ただし、ただの生活魔術にこんな戦闘力があると知られれば……特に、日立つのを嫌うケニーが顔をしかめる展開となるだろう。

「これは確かに、他にパーティー組めないよねえ……」

もっとも、こんなのはただの手段だ。

このダンジョンで、生活魔術科の資金を稼ぐ。冒険者向けの生活魔術を編み出す。それがリオン達の目的なのだから。

◇◇◇

ノースフィア魔術学院内に存在する平原、戦闘用演習場はとてつもなく広大だった。

学舎施設全体の広さを優に超えるその規模は、五百を超える戦闘魔術科の生徒達が一度に模擬戦を行ってもなお、あまりある。

矛盾しているようだが、間違っていない。

時空魔術によって、本来の空間を数十倍に拡張していたのだ。

だが、今は違う。

とてつもなく広大だった……過去形である。

つい一週間ほど前、空間拡張魔術は解除され、通常空間へと戻された。

これにより、演習場はせいぜい並の運動場程度の広さになってしまっていた。

演習場だけではない。

時空魔術が解除されたのは、教室に作戦室に研究室、ロッカールームにシャワールーム、倉庫に至るまで全てである。

他、預かってもらっていた杖や魔導書の類も、まとめて返却された。

膨大な量のそれは、倉庫に収納していた場合、どこにあるのか分からなくなってしまうという不都合があったため、時空魔術師が預かっていたのだ。

時空魔術師――彼女の魔術は、必要なモノは即座に取り出せる……難点があるとすれば、彼女本人がいなければ、困るという点であったが、大体は生活魔術科の教室か、『第四食堂』にいたのだ。

少なくとも、以前は。

個人的に彼女――『預かり所《フロント》』を利用していた生徒は多く、まとめて返却されたその日、学院は阿鼻叫喚《あびきょうかん》に包まれた。

被害は戦闘魔術科にとどまらなかった。

生活魔術科に擁護の一つもくれなかった他の科も同罪と断じ、同じようにこれまでの『手助け』を破棄したのだった。

なお、これまでなら整理整頓や掃除、各科の実習の準備といった雑事も、生活魔術師達は実習の一環として担っていた。

が、そうした作業を主にしていた『一言主《ザ・ワード》』や『人形遣い《ディーラー》』といった生活魔術師達までもボイコットしてしまったため、魔術学院は丸一日活動不能に陥った。

……よって、戦闘魔術科の長、ゴリアス・オッシはこの一週間、不機嫌続きだった。

イライラと、無意識に顎髭を撫《な》でてしまう。

この日も、始業時間になってから演習場を訪れた時、生徒達はまだ的の設営に手間取っていた。

オッシに気付くと、慌てて残りの的を立て終え、彼の下に駆け寄ってきた。

「お前達、何をしていた‼　一体準備にどれだけ時間を掛けているんだ！」

「そ、そんなことを言われても……」

「こんな準備なんて今までしたことなかったですし、先輩達だって教えてくれませんでしたし……」

「言い訳はいい！　さっさと列に戻れ！」

これで戦闘魔術科全員が揃《そろ》ったが、全員が同じように演習をする訳ではない。

二割ほどは図書室に向かい座学で魔術の研究を行う。

五割は、倉庫の整理だ。

別に効率を求めてのことではなく、単純に演習場が狭くなったので、必然的にそうせざるを得なくなっただけの話だった。

「まったく……」

「あの……先生」

教官席に長い足を組んで座ったオッシに、杖を持った生徒が申し訳なさそうに近付いてきた。

「今度は何だ！」

「杖の一部が壊れてて……結構古いモノもありますから」

「だったら申請して修理に出せばいいだろう」

「そうなんですけど、その間の予備の杖のストックも切れているんです」

「買い直せ！　そもそも何で、予備が切れる前に報告しなかった！」

「その、これまではちょっとした破損なら、修復できていましたし……」

「何故、それが今はできない」

「杖の修復には、生活魔術師達の力を借りていたんです。それが今は……」

生活魔術師という言葉に、オッシは自分のこめかみの血管が浮き上がるのを、自覚していた。

「ほう、我が科の魔術師は自力で杖の修復もできないのか」

オッシの指摘に、今度は生徒が憤慨した。

「習っていないんですよ！　できるはずがないでしょう！」

「貴様、教師に対してなんて口の利き方をするんだ‼」

「そんなこと言ったって、できないモノはできないんです！　だったら先生がやってくださいよ！　できるんでしょう⁉」

「ぐ……っ」

オッシは言葉に詰まる。

いや、できるといえばできるが……その手の地味な作業は、講師になってからは数えるほどしかしていない。

生徒達の前で久しぶりにやってみて失敗しては、目も当てられないではないか。

——オッシは数時間後、戦闘魔術科の生徒達の前で杖の修復を行い、無事に成功した。教え子達の前では平然を装っていたが、内心では相当ホッとしたオッシであった。

◇◇◇

人間である以上は、お腹がすく。

昼休みになると、戦闘魔術科を指導していたオッシも食堂へ向かうことにした。

「本当に、どいつもこいつも……」

いつもの余裕は微塵《みじん》もない。

以前なら、女子生徒が一緒に昼食をなどと声を掛けてきたモノだが、今のオッシの荒《すさ》みようには遠巻きに見守るだけだ。

このまままっすぐ進めば、第二食堂だ。値段は少々高いが、味は確かだ。

……不機嫌なまま飯を食べると、消化に悪いって聞くな。

そんなことを考えながら廊下を歩いていると、右の曲がり角の方から声が響いてきていた。

女子生徒の立ち話のようだ。

「みんな今日の昼、どうするー？」

「第一食堂かなあ。味はいまいちだけど、安くて量はあるでしょ」

「えー、私、第二がいいよー。多少割高でも美味しい方がいいじゃん」

「じゃあ中間をとって第三で」

「もー、第四食堂閉鎖ってどういうことよもー。ファンの気持ちも考えてよねー」

「しょうがないよ。話では戦闘魔術科が生活魔術科の予算までほぼ全部持ってったからでしょ。元手がなきゃお店は開けないわよ」

「ほぼってことは、ちょっとはあったんでしょ？」

「……あんた、五カッドで食堂開ける？」

「うっそマジで予算そんだけ？　完全な嫌がらせじゃんそれ。ぶち切れもするわよ」

彼女達を無視して、角を通り過ぎる。

「しっ……！　噂をすればよ」

「やばっ！」

後ろからそんな声が届いていたが、さすがにそれに対して怒鳴り散らすほど、オッシは大人げなくはなかった。

ここ最近、ずっとこんな空気だ。

職員室でも、オッシに向けられる視線はどこか冷たい気がする。

それに数日前には、学院に資金援助をしてくれている一部の貴族達が訪問し、生活魔術師の一人であるケニー・ド・ラックの所在を尋ねてきたりした。

その時は上手く凌《しの》いだが、愛好者《ファン》とは何のことだ。

自分が知らなかっただけで、彼らはとんでもないコネを作っていたのではないか。

◇◇◇

しばらく進むと、見覚えのある草色のローブにふわふわ頭の若い女教師の背中が見えた。

オッシは彼女に駆け寄り、横に並んだ。

「先生、カー先生！」

「はい、オッシ先生何でしょうか？」

和やかに微笑《ほほえ》んだまま、女教師カティ・カーは歩みを緩めない。

仕方なく、オッシも並んで歩く。

「あの三人はどこに行ったんだ。貴女の生徒達だ」

「予算を作るために、独自に金策に走っています。場所に関しては今のところ秘密です」

ノースフィア魔術学院の講義は単位制だ。

必要な講義を受けてさえすれば、時間にゆとりはある。

もちろんその時間を遊んで過ごすか、自らを高めるために使うかは自由だ。

生活魔術科の生徒達に、方々の手伝いができたのも、そして今オッシが彼らを捕まえられないのも、それが理由だった。

「何故、秘密にする？」

「何故と言われましても……戦闘魔術科は自分達の活動を全て、他の科に教えるんですか？」

「知られては困ることなのか？」

「特には困りませんけど」

「なら、教えてくれてもいいいんじゃないか？」

「お断りします」

「その理由は!?」

「色々言いたいことはありますけど、一番単純な理由は生徒達から口止めされているからです」

「は!?」

「『戦闘魔術科のオッシ先生が嫌いになったので、教えたくない』そうです。本人達の士気にも関わりますし、主任にはちゃんと活動報告は提出してありますよ。どうしても知りたいのでしたら、あちらに聞いてみてはどうでしょう」

聞いて教えてくれるだろうか。

いや待て、今朝職員室で、教導主任はカーから何かもらっていなかったか？

確か、弁当とか聞こえていた記憶が……なるほど、根回しは万全ということか。

いや、それよりも。

「嫌いって……そんな子どもじみた理由で……」

「実際、まだ子どもですからね。何より、あの子達がそうなった原因に心当たりがないとは言わせませんよ？」

「…………」

カーが歩みを止めるのに合わせて、オッシも足を止めた。

彼女は微笑んだままだが、目は笑っていなかった。

「でも、そんなに心配することはないと思いますよ。怒りも一過性のモノだと思いますし、あの子達の友達には戦闘魔術科の子だっています。個人的にいくらか協力することもあるでしょう。……ただ、戦闘魔術科という科に対する不信感は、なかなか拭えないでしょうね」

「ぬぅ……」

オッシは、無意識に顎髭を撫でながら唸《うな》った。

「それでもまあ……このままでも戦闘魔術科は特に困らないんじゃないでしょうか」

「どういうことだ？」

実害なら、既に散々に被っている。

困っているからこそ、今カーに相談しているのではないか。

彼らがいなければ、この学院は……そこまで考えて、オッシはハッと思い出した。

自分がかつて言った台詞だ。

まるでオッシの心を読んだかのように、カーはその台詞を再現する。

「だってウチは『あってもなくても特に困らない科』って言われてますから。では、そういうことで。失礼します」

そして一礼すると、彼女は生活魔術科の教室へと向かったのだった。


一方オッシは不満を抱えたまま昼食を終え、自分の部屋である戦闘魔術科の科長室に戻った。

灯《つ》りを点けると、そこには大量の巻物《スクロール》、杖、魔道具に装飾品の数々、それに書類が未整理のまま、山のように積まれていた。

「さて、どうしたものか……」

ため息と共に、オッシは力なく扉にもたれ掛かるのだった。

第二話　生活魔術師達、依頼をこなす

戦闘魔術科の科長室は、さすが予算があるだけに広く、調度品も高価なモノで揃えられている。

ダン、と部屋の主であるゴリアス・オッシは、机を叩いた。

「冒険者だと!?」

「は、はい。生活魔術科のソーコ・イナバ、ケニー・ド・ラック、リオン・スターフの三人は冒険者ギルドに登録し、定期的にダンジョンに潜っています。他の面々も、三人一組で商会やホテルで仕事をしているようです」

眼鏡《めがね》の生徒はやや怯《おび》えながらも、報告を続けた。

「クッ、こっちは大変だというのに……他に、何か報告はあるか？」

「部室の備品の整頓は終わりました。不必要なモノは処分し、生徒の個人的な所有物は各自で保管、という形になります」

「ああ……そもそも私が言うまでもなく、本来それが普通のやり方だったたな。いいぞ、下がってくれ。ご苦労だったたな。ええと……」

生徒の名前が出てこず、オッシは言葉を濁した。

何せ、戦闘魔術科は人数が多いのだ。全員の名前が咄嗟《とっさ》には出てこない。

「ディン・オーエンです。二年生です」

「あ、ああ、そうだった。これからも頑張ってくれたまえ」

ディン・オーエンが頭を下げ、両開きの扉が閉まった。

「クソッ！」

オッシは、さっきよりも強く、机を叩いた。

さすがは高級木材を使っているだけあって、机はビクともしない。

オッシの拳が若干痛くなるだけだった。

それよりも、オッシには考えなければならないことがあった。

生活魔術科が、ノースフィア魔術学院での支援活動を実質打ち切った今、多くの手間が他の魔術科にしわ寄せされているのだ。もちろんそれは本来、自分達ですべき事柄なのだが、面倒という事実はどうあっても変わらない。

「こちらから出向くか？　いや……それでは、私達が歩み寄ったように見られてしまう」

自分達で何とかできるといえば、できるのだ。

けれど、いれば多くの手間を預けることができる、それが生活魔術師達なのだ。

まったく……少々からかった程度で、ここまで怒るとは、さすがにオッシも予想外だった。

それに、生活魔術師達が実質ボイコットすることになった原因が、オッシであることは、ほぼ学院全体に知られている。

風当たりもきつい。

「何とかして、奴らを学院に戻さなければ……」

他はともかく、生活魔術科の中でも特にエース級——物品の管理を扱う収納術の使い手であるソーコ・イナバ、掃除洗濯何でもござれのケニー・ド・ラック、人手が足りない時のリオン・スターフの三人の名は、オッシでも知っている。

そしてその三人は、今、冒険者になっているという。

「冒険者……冒険者か」

◇◇◇

「依頼が、ない？」

冒険者ギルドの受付カウンターで、ソーコ・イナバは途方に暮れた。

といっても顔は狐面に隠されているので、いまいち伝わりにくいだろうが。

幼女並みに背が低いので、足下は木箱で底上げされている。

そんなソーコに、ギルドの受付嬢は半ば申し訳なさそうな苦笑いを浮かべた。

「ないというか、朝一番は大量の冒険者が押し寄せるんですよ。なので、人気のある依頼はすぐに、そこから段々と減っていき、この時間だと人気薄の依頼しか残らないんです」

「残らないんですって、ゼロなんだけど」

冒険者ギルドの依頼は、カウンターの横にある大掲示板に大量に貼られている。

……といっても、今は一枚もないのだが。

だから、ソーコは依頼はないのかと、受付に問い合わせたのだ。

「滅多にないことなんですけど、あり得ないことでもないんです。たまたま食べることにも困っている冒険者が集中した、とかそういう日もあるんです」

ソーコは、壁際に設置された、据え置き式の古時計を見た。

「なら、依頼が貼り出されるのは、何時なの？」

「そうですね、朝の一の鐘、昼の四の鐘、夜の七の鐘の三回になります」

そう受付嬢が告げるのに合わせたかのように、朝の二の鐘が鳴った。

魔術学院なら登校時間だ。

そう言われてみれば少し遅かったのかもしれない。

「……しょうがないわね。とりあえず依頼はないけど、昼まで待つのも時間がもったいないし、ダンジョンには行くわ」

「はい、お気を付けて」

◇◇◇

大蛇の月は日の出が早く、まだ涼しい空気と柔らかい陽光が、冒険者ギルドの中まで差し込んできている。

とはいえ、眠いものは眠い。

「ふわぁ……こんな朝早くなのに、すごい人だねぇ……」

ソーコは抗議した翌日、欠伸《あくび》をするリオンと共にギルドを訪れていた。

「そうね。……何か、妙だわ」

「え、何が？」

ギルドに隣接された酒場は、冒険者で満席だった。

それどころか、立ったままで軽く飲んでいる者もいる。

依頼が貼り出される前の大掲示板の前には、周囲にロープが張られ、ギルド職員以外には誰も立たない。暗黙の了解《ルール》、というやつだ。

ソーコ達もそれを守っている……が、気になっているのは、そこではない。

「視線を感じる。それも、複数から」

何しろソーコは狐のお面を被《かぶ》っている。

だから、自分の視線を動かすだけなら、誰にも気付かれないのだ。

そして、自分達は何人かの冒険者から注目されている。

正直不快だった。

けれど、リオンは笑って手を振った。

「あー……それはしょうがないんじゃないかな。この時間帯に、わたし達二人だもん」

「そういうモノかしら」

「そういうモノだよ。生活魔術師二人、それも女の子って——あ、鐘鳴った！」

冒険者ギルドに、王都の時計台が奏でる重い鐘の音が鳴り響き、ギルドの職員がロープを解いた。

冒険者達も一斉に動き出す。

「行くわよ、リオン！」

もちろんその中には、ソーコ達も含まれる。

だが、すぐに行く手を遮られた。

「って、うわ、何これ！　人が壁になって……全然……」

依頼に群がる冒険者達が壁になり、ソーコ達は大掲示板まで進むことができずにいた。

「悪いな嬢ちゃん。早い者勝ちだ！」

「そういうこった。お嬢ちゃん達は大人しく、学校にでも行ってな！」

「ははははは！」

ソーコは笑われながら、突き飛ばされ、尻餅をついた。

「ちょ、どきなさいよ！　依頼が取れないでしょ！」

立ち上がってソーコは叫ぶが、それで退くような冒険者は一人もいなかった。


十分後。

「何よアレ！　また全部取られちゃったじゃない！」

大掲示板の前に、依頼は一つも残っていなかった。そう、一つもだ。薬草採取や王都内の配達すら残っていない。

テーブルに着き、キレるソーコに、リオンはため息をついた。

「悔しいけど、これはしょうがないよ。ああいう奪い合いになったら、完全に力勝負だもの。わたし達じゃ勝てないって」

「……こうなったら、魔術で奪おうかしら」

不穏なことを言い始めたソーコに、リオンは首を振った。

「だ、駄目だよ、ソーコちゃん。ギルド内では必要がない限り、魔術は使っちゃ駄目。そういうルールだよ」

ギルド受付の横の柱には、目につくように張り紙が貼られている。

そこに書かれているのは、ギルド内で喧嘩をしてはいけない、とか、備品を盗んではいけない、とか子どもでも分かる規則《ルール》だ。その中には、魔術禁止も含まれている。

「……今、私達は依頼が必要だと思わない？」

ソーコの目は、少し据わっていた。

「ソーコちゃん、それは拡大解釈だと思う」

「あああああ……もう、ホント何なのよ」

「うーん……」

ソーコの嘆きを尻目に、リオンは唸った。

「何よ」

「……一応、ケニー君にも相談しとこうか、これ」

「アイツなら、何とかできるってこと？　今も多分まだ、ベッドでぐっすりのアイツに」

「いや、早起きしたのはわたし達の勝手だから、そこは愚痴らないでおこうよ。ただ……ちょっと気になるんだよね。ソーコちゃんが言ってたこととかもあるし」

「私、何か言ったかしら？」

リオンは、ソーコの狐面、細い目の部分を指差した。

「視線だよ。それで、これはわたしの勘なんだけど……」

「うわ」

「え、何？」

「アンタの勘ってのは、大体当たるのよ。それで、どういう勘よ」

「……この状況、しばらく続くと思う」

◇◇◇

リオンの勘は当たっていた。

あれから数日、ソーコ達はギルドの依頼にありつくことができずにいた。

昼の四の鐘、夜の七の鐘の時にも新たな依頼が貼り出されるが、その時にはソーコ達はダンジョン探索に入っているか、帰宅している。

　そしてこの日も、ソーコ達は依頼を得られなかった。またしても、群がる冒険者達に阻まれたのだ。少しでも速く動こうとしても、魔術を使用しないならば例えば盗賊職の方が速い。そして彼らは体格的にも、ソーコ達よりも上なのだ。

「ありゃー……」

「また、だわ。薬草採取や低ランクモンスターの素材集めって、こんなに人気だったのかしら」

　もはや、リオンもソーコも諦め気味だった。

「それはないと思うよ？　だって初めて来た時も、結構あるねーってみんなで言ってたじゃない」

「そういえば、言ってたわね。でもじゃあ、どういうことかしら」

「……うーん」

　ソーコが指摘すると、リオンは唸ってしまう。

　そこに、ボリボリと頭を掻きながら、ケニー・ド・ラックが現れた。

「ふわぁ……はよーさん」

「あ、おはよう、ケニー君。あのね……」

　リオンの言葉を手で遮り、ケニーは二人と同じ席に座った。

「また、依頼がなかったんだろ。とりあえず、飯にしよう」

「あ、うん」

「で、ケニーは、どういうことだと思う訳？」

仮面をずらし、ソーコは器用にバターのたっぷりのったトーストを口にする。

「思うというか、こりゃ完全に組織的な行動だよ。朝一で低級の依頼を、根こそぎ他の冒険者達が奪ってる」

「ケニー君、まるで、見てきたような言い方だけど」

「まるでじゃなくて、見てたんだよ。あの、二階の吹き抜けから。おかげでまだ眠いし……」

リオンの問いに、ケニーはギルドの二階を指差した。

そこはケニーの言葉通り吹き抜けで、酒場になっている。

ただ、朝の営業は一階のみで、二階は灯りも点いていない。なので、冒険者ギルド全体を見渡すには、好都合な穴場なのだ。

ケニーは懐から生徒手帳を取り出し、白紙のメモ部分を開いた。

「『映れ』」

ケニーの、万能たる聖霊に通じる言葉が発動し、白紙のページに一人の男の顔が浮かび上がった。

亜麻色の髪を後ろで束ね、銀縁眼鏡を掛けた、神経質そうな青年だ。

「これが、リーダーの顔だ。名前はクセロ・スレイトス。『理《ことわり》の聖剣』ってクランのトップでな。二人の妨害をしてた冒険者の大半が、『理の聖剣』所属の冒険者だった」

冒険者数人の集まりをパーティーと呼ぶ。パーティーは基本的にその単位で、冒険に出る。

そして十数人から数十人、あるいはもっと多くの冒険者の集まりがクランと呼ばれている。

「どうやって調べたのよ」

「そんなの簡単だろ。まず朝、あの二階から冒険者達の顔を見る。同じ卓についているのは大体同じ冒険者のパーティーだ。今の俺達のように」

ケニーはケチャップの掛かったプレーンオムレツにフォークを刺しながらもう一度二階を指差し、そして自分達のテーブルを指差した。

卓単位で、ケニーは『映れ』を使う。俯瞰《ふかん》視点だが、冒険者達の特徴を捉えるには充分だ。

「次にそのパーティーを調べるだろ。そうすると、共通点が見つかった。『理の聖剣』のクラン所属のパーティーだ。裏を取るために、ヤンガー・ベルトランに聞いたり、クランの建物も張り込んだけど、間違いなかった。まあ、リオンから話を聞いて、ここまで調べるのに今日まで掛かったよ」

ケニーは手帳をめくりながら、これまでの調査を説明した。

「さて、そしてこのクセロ・スレイトスって奴は、ゴリアス・オッシと繋がっている」

「はぁ⁉」

ソーコが席を揺らしたが、ケニーは動じなかった。

「逆算することになるが、同一クランの仕業だとすれば、それを指揮した奴がいる。なら、それはクランのリーダーだ。それがこいつ、クセロ・スレイトス」

ケニーは、再び手帳のページを、クセロ・スレイトスの似顔絵に戻した。

「でも、俺達は『理の聖剣』なんてクランは知らない。だから、リーダーのスレイトスを尾行した。そうしたら、ユグドラシル・ホテルのレストランで、ゴリアス・オッシと一緒に飯食ってるじゃないか。ほら、繋がった」

パン、とケニーは手を叩く。

「よく、気付かれなかったね」

砂糖とミルクがたっぷり入った豆茶を飲みながら、リオンが言う。

「『化粧』『染色』『着せ替え』……俺達生活魔術師なら、やりようはいくらでもあるだろ？」

ケニーが前髪を掻き分けると、それだけで普段の気怠い雰囲気に鋭さが加わる。

化粧で年齢を数歳上げ、髪や瞳や肌の色を変え、草色のローブをスーツに変える。

年若い、貴族風の青年の出来上がりだ。

そして、レストランに入ったケニーはゴリアス・オッシ達の隣席に座った。

「それで、つまり、二人が繋がっていると、どういうことになるの？」

「これを見てくれれば分かる」

ケニーはポケットから手鏡を取り出した。

「『映れ』」

ケニーの呟きに、テーブルの中央に置かれた鏡の表面は波紋のように揺れ、ある光景が映り始めた。

◇◇◇

ユグドラシル・ホテルのレストラン『知識の泉』で、ゴリアス・オッシとクセロ・スレイトスは向き合っていた。

ローブも鎧も纏わず、二人ともスーツ姿だ。

傍目《はため》には、貴族か大きな商会の打ち合わせのようにも見えるだろう。

「今日も、ご苦労だったな」

オッシは、クセロ・スレイトスの前に金袋を置いた。

オッシの私財だ。当たり前だが、学院の予算など使えない。

「ええ。ただ、もうあまり長くは続けられませんよ。僕達にも生活がありますからね。下の冒険者達を使うのにも、限界があります」

「……心配しなくても、彼らはじきに音を上げるさ。——あと、これは隣のカジノで楽しんでくれ」

さっきよりも小さな金袋を、オッシはスレイトスの前に置いた。

微笑むスレイトスの手が素早く動き、金袋を懐に収めた。

「ありがとうございます。……で、何故、彼らが音を上げるって言い切れるんですか？」

「他に道がないなら、続けるだろう。しかし、彼らは冒険者稼業が続けられなくても、困らない。それなりの資金は稼いだんだ。学院に戻ればいい。安全な逃げ場があるなら、普通そこに駆け込むだろう？」

　ふん、と鼻で笑い、オッシは背もたれに身体を預ける。

「そして、先輩は目的を遂げる。そんなに彼らが必要なんですか？」

「そうでもない。ただ、雑用は彼ら生活魔術科の仕事なんだ。彼らの機嫌を少々損ねたことで、ゴミのような雑用を自分達ですることになった。学院での私への風当たりが強くてな。むしろ、その方がきつい」

「長くて、七日。それが期限です」

「充分だろう。彼らにそこまで根性があるとは思えないさ」

　オッシは黒いままの豆茶に、口を付けた。

「だといいですけどね」


　そこで映像は終わり、鏡は本来の反射に戻った。

「よし、殺そう。細切れにして。死体はウチの亜空間にでも隠しといて、どっかの火口に適当に放り込みましょう」

「待って、ソーコちゃん、ホント落ち着いて」

　席を立とうとするソーコを、リオンが慌てて押さえつけた。

「魅力的な提案だな」

「ケニー君も乗らないで!?」

冷静に同意するケニーに、リオンはすかさず突っ込んだ。

「でまあ、現状だが、今のままだとやっぱりまずい。そういう意味では、オッシのやり方はちゃんと俺達に効いてる」

「一応、ダンジョンで手に入れた素材は、普通に買い取ってもらえるんだよね？」

「そりゃそうなんだが、素材採取の依頼を受けてたら、その分収入も実績も上がるだろ？　それが封じられてるってのは、正直痛い。俺達が出入りしているのはEランクの『試練の迷宮』だろ？　素材を集めただけじゃ、やっぱり採算が取れない」

低ランクの依頼は、『理の聖剣』によって受けるのが難しい。

二人の密談通りなら、あと七日の妨害でこの状況は終わる。……が、ただ耐えろというなら、それはそれで腹立たしい。

今のケニー達の冒険者ランクは、最も低い青銅級だ。もう一つ上の黒鉄級に上がるには実績が低い。

今のランクのまま収入を増やす方法は、限られている。

「そうなると、もっと高ランクのダンジョンに挑むってのが、ケニーの案？」

「いや、それは避けたい」

ソーコの指摘に、ケニーは首を振った。

「わたし達、初心者もいいところだもんね」

「そうじゃなくて、単純に遠出するのが面倒くさい」

王都最寄りのダンジョンは、三つある。

Eランクの『試練の迷宮』ならここから歩いて一時間程度だが、Cランク『逆塔の迷宮』は一日掛かる。

馬車なら時間を短縮できるが、そうなると今度はお金が掛かるのだ。

だから面倒くさい。そう、結論づけたケニーに、リオンはため息をついた。

「……ケニー君は、いつも通りに率直だねぇ」

「だから、ちょっと俺なりに考えてみた。上手くいくかどうかはやってみないと分からないが、ハマればそれなりに稼げるかもしれない方法だ」

「っていうと？」

「ちょっと席を外す。すぐ戻る」

ケニーは席を立つと、受付カウンターに向かっていった。

◇◇◇

「ルキアさん、ちょっといいか？」

ケニーは、新米の若い受付嬢、ルキアに声を掛けた。

「あ、はい。えーと……かにどーらく君、どうかしましたか？」

「……ケニー・ド・ラックだ。一応客商売なんだから、相手の名前ぐらいは正確におぼえといた方がいいと思う」

ケニーの指摘に、ルキアはペコペコと頭を下げた。

「は、はい、すみません。それで、どのようなご用件でしょうか？」

「依頼について相談があるんだ」

「依頼……ケニー君達は青銅級ですから、難易度の高い依頼は受けられませんよ？」

「それは分かってる」

「じゃあ、依頼する方ですか？　採取、配達、護衛、捕獲、討伐等……相場でしたら今、資料をお出しいたしますね」

分厚いファイルをカウンターの下から取り出そうとするルキアを、ケニーは軽く手で制した。

「出す方でもないんだ。そうだな……このギルドって、依頼の『募集』ってできる？」

「……は？」

ケニーの提案に、ルキアは目を瞬かせた。

十数分後、大掲示板前に立った冒険者達は、戸惑ったような声を上げた。

「何だ、こりゃ……？」

掲示板の端、場所こそ目立たないが、依頼書は鮮やかに輝く白金色で嫌でも人目を引いていた。

『クランハウスの家事代行請け負います。掃除洗濯料理何でもござれ。生活怪傑ブラウニーズ
生活魔術師三人のパーティーです。料金応相談』

ざわつく冒険者達を尻目に、リオン達はテーブルでお茶を嗜《たしな》んでいた。

「はー……ギルドって色々やってくれるんだね」

リオンは、熱いミルク香茶に息を吹き掛けた。

「過去にいくらか前例はあったらしい。自分達の技能の、いわゆる売り込みだな」

果実ジュースを傾けながら、ケニーが答える。

「それはいいけど、パーティー名のあの生活怪傑ってのは、何なのよ」

相変わらず狐面を軽く持ち上げ、ソーコは器用に冷たい緑茶を飲んでいた。

「韻を踏んでていいだろう？」

「語呂がいいのは認めるけど、答えになってないわ」

「単純に受け狙いだ」

「ケニー君……微妙にキャラが変わってない？　これ、あまり合理性がないっぽいんだけど」

「変わってない。受ける目立つってのはこの場合、それなりに重要なんだよ。注目されなきゃ、依頼なんて来ないだろ」

そんな話を三人でしている時、唐突に背後で豪快な笑い声が轟《とどろ》いた。

「わははははは、何だこりゃ！」

リオンが振り返ると、掲示板前で斧槍《おのやり》を担いだ長身の女性が爆笑していた。

「ほらな」

「嘘でしょ……」

ケニーの呟きに、ソーコの呆《ほう》けた声が続いた。

◇◇◇

「アンタ達が、あの珍妙な張り紙の主かい。アタシぁ、ジーン・オーロ。見ての通り、黄金級冒険者で、『深き森砦《しんさい》』ってクランの頭を張ってる。ジーンでいいぜ」

ジーンは燃えるような色をしたポニーテールの、とにかく大きな女だった。

黒い龍革製全身スーツは、見事なスタイルを浮き彫りにしている。

彼女の指差した、自身の首周りには、黄金色の認識票が燦然《さんぜん》と輝いていた。さらに、後ろの壁に立て掛けている斧槍の斧部分には、砦《とりで》と木々を簡略化したマークが刻まれていた。

リオンは思わず、身を乗り出していた。

「し、知ってます！　王都でも有数の名門クランじゃないですか！」

龍を殺した、甦《よみがえ》った高位不死者《リッチ》によって支配された都市を丸ごと叩き潰した、数多のダンジョンを踏破したなど、様々な逸話のあるクランだ。

そのトップなど、新米冒険者であるリオンからすれば、雲の上の存在といってもいい。

けれど、ジーンは八重歯を剝《む》き出しにし、猛獣のように笑い飛ばした。

「クハハ、そんな大層なもんじゃねえよ。普通に仕事してたら、デカくなっただけさ。それで、生活怪傑ブラウニーズだっけか。変わった名前だな」

「本当は、ブラウニーズが正しいパーティー名だ。俺はいいと思うんだが、こっちの二人は否定的でね」

「あはは……さすがに、あの名前はないかなぁ」

「色々と言いたいことはあるけど、何より長いわ」

なお、本来のパーティー名は、リオンの希望である『何か可愛《かわい》い名前』、ソーコの要求である『自分達だってすぐに分かる名前』を取り入れた結果、『働く妖精達《ブラウニーズ》』となったのだった。

「ああ、なるほど。その指摘は正しい。呼びにくいよな」

ジーンはうんうんと頷き、まだ昼前にもかかわらず、麦酒のジョッキを傾けた。

そして、ドン、とテーブルにジョッキを置いた。

「で、ブラウニーズだっけか。三人とも、生活魔術師だって？」

「ノースフィア魔術学院の生活魔術科所属よ。学生だけど、家事に関してなら冒険者の魔術師より上って自信はあるわ」

「ふぅむ……自信ね」

パーティーを代表してソーコが言うと、値踏みしているのだろう、ジーンはスッと目を細めた。

「まず、依頼内容は何か聞かせてほしい」

ケニーが話をぶった切るように、本題に入った。

「清掃だ。ウチのクランハウスが恥ずかしながらなかなか酷《ひど》い有様でね。リーダーのアタシは女だが、冒険者稼業は基本男所帯だ。汚れたままほったらかしの服だの食器だのでえらいことになってる」

「オーケー。じゃあ行こうか」

立ち上がるケニーに、さすがにジーンも目を丸くした。

「依頼料とか、そういう相談はいいのかい？」

「ああ、そういうこと」

一方、ソーコは納得したようだった。

ケニーに続いて、足の届いていない席から飛び降りる。

「確かに、自信がどうとか言ってもしょうがなかったわね。冒険者が語るのは口じゃなくて腕前だわ。まずは仕事するから、それを見て評価して」

ふぅん、とジーンは獰猛《どうもう》な笑みを浮かべた。

「いいね。そういうやり方は嫌いじゃない。そっちの嬢ちゃんも呆けてないで、行くよ。それとも抱っこがいいかい？」

太い両腕を伸ばしてくるジーンに、リオンは身をよじった。

「い、いいです！　ちゃんと歩けますから！」

そして、慌てて立ち上がる。

「クハハ。それじゃ我が家へ案内しようか」

大きく笑い、ジーンはリオンのお尻をパァンとはたいた。

◇◇◇

ジーンに案内されたクランハウスは、貴族街のど真ん中にある蔦《つた》がほどよく絡まった豪邸だった。

勝手口を開いた先、薄暗い小ホールには少し生臭い空気が漂い、部屋の隅に蠢《うごめ》いていた小動物が、素早く階段にあいていた穴に潜った。

灯りを点けると、ぱっと見は小綺麗《こぎれい》な感じをしているが、目を凝らすと壁も床も薄汚れているのがよく分かる。もっともそうした小細工じみた努力も、あちこちに転がるゴミが入っているらしい麻袋やガラクタ類が台無しにしていた。

「おー……これはまた、仕事のし甲斐がある汚れっぷりだな」

ジーンの話によると、表の玄関から一部の部屋は来客もあり、それなりに綺麗《きれい》にしてあるのだという。

ただ、その裏は大体、ここのような有様らしい。

「それじゃ、アンタ達の仕事っぷりを見せてもらおうじゃないかい」

ジーンは斧槍を壁に立て掛けると、自身も壁にもたれ掛かった。

ここからは、ケニー達の領分だ。

まず最初に前に出たのは、ソーコだ。

「そうさせてもらうわ。『収納』」

トコトコと小ホールの真ん中まで進むと、ソーコは指を鳴らした。

直後、周囲に無数にあった麻袋やガラクタが消滅した。それどころか、干凅《ひから》びた観葉植物や傾いた絵画、茶ばんだカーテン、埃《ほこり》を被ったピアノといった調度品も消えてなくなった。

「っ⁉」

ガクン、とジーンの身体が傾く。

「心配しないで。邪魔なモノをまず、別の空間に撤去しただけだから」

「じ、時空魔術……いや、収納魔術は知ってるけど、この量を一気に収納って、普通できるモノなのかい……？」

「できるわよ。練習すれば。次、ケニー」

「『塵《ちり》は出ていけ』『埃も出てけ』『空気は換気』『綺麗になれ』」

ジーンの脇の扉から、暗雲のように塵と埃が吐き出されていき、空気は綺麗な状態になり、さらに壁や床、天井にあった薄汚れがあっという間に消えてしまう。

この間、一分も経過していないが、荒れていた空間はさながら新居のように刷新された。

「家具、出すわよ」

ソーコの宣言と共に、ホール中央に消えていた調度品が一塊になって出現した。

「『汚れは落ちろ』『傷は癒えろ』『潤え』」

薄汚れていたそれらもまた、新品のように輝きを取り戻していく。

「おいおいおいおいおいおい……待て、待て待て。ちょっと待て、何だこりゃ」

あっという間の部屋の変貌に、さすがにジーンも戸惑ったような声を上げていた。

「何って、生活魔術だが」

「……巷《ちまた》の生活魔術師ってのは、これが普通なのかい？」

「さあ？　余所《よそ》の生活魔術師を知らないからな。リオン、インテリアのデザインを頼む。こればっかりはセンスの問題だ」

「はーい。それじゃお願いね、『影人《シャドウ》』」

ヌルリ……と、リオンの黒い影が持ち上がり、三つに分かれた。

三体の『影人《シャドウ》』はそれぞれ分担して、家具の配置を行っていく。

「嬢ちゃんは召喚師……いや、こりゃあ呪術か。また、いい動きをしてやがる。このサイズの使い魔は普通、細かい作業なんかには、向いていないんだがねぇ……」

「あはは……スゴい冒険者の人に褒められると、照れちゃいますね。あ、終わりました。……うーん、虫や小動物を殺すための煙玉とかもありますけど、これは全部片付けてからの方がよさそうですね」

「まあ、一部屋ならザッとこんなもんだ。仕事を、させてもらえるか？」

ケニーの問いに、ジーンはグッと親指を立てた。

「いいねえ、気に入った！　アンタらを雇おう！」

「じゃあ、まずは建物の中をザッと見て、見積もりを出そう。ソーコ、用紙を頼む」

「いいわよ」

空間から出現した大きめの紙を開き、ケニーが呟く。

「――『間取りを映せ』」

万能たる聖霊はそれに応え、紙にクランハウスの間取りを転写した。

「ん？　なあ、ソーコ、リオン見てくれ」

「ええ、これ……なんか空間がねじ曲がってる所がいくつかあるみたいなんだけど……」

「そうだね。普通、隣の部屋への扉を開いたら隣の部屋に行けるはずなのに、台所に通じてたりしてるし……ちょっと、変だよ」

「あー……それに関しちゃ、心当たりがないでもないねえ。ちいっと来てくんな。おそらく元凶は、地下室だ」

ジーンは気まずそうに髪を掻き上げ、ケニー達を促した。

「今、ダンジョンになってるんだよ、あそこ」


広く長い石段を下ると、かび臭い地下室に辿《たど》り着いた。

魔法の光かほのかな灯りが、煉瓦造りの広間を照らしている。

正面と左右に通路が延び、広間のあちこちにガラクタや宝箱が転がっている。この辺りは、上と変わらないようだ。

ただ、空気中をさながら暗雲のように、黒い靄《もや》が漂っているのが見て取れる。

「住んでいる建物の中にダンジョンがあるとは、さすが一流のクランは違《ちが》うな」

「ないから。ケニー君、多分これ、狙って作ったモノじゃないから」

感心するケニーに、リオンは突っ込んだ。

「まあ、嬢ちゃんの言う通りさね。ウチのクランはそこそこ大きいだろ。ダンジョンでの成果もそれなりにあってね、魔法の掛かった道具やら呪われた武具やら得体の知れない書物やら、色々あるんだよ」

困ったもんだねえ、と言いながらも特に困っていない様子のジーンに、ソーコは嘆かわしいと首を振った。

「……で、未整理のままにしてたら、何かそういう目に見えない諸々が混ざり合って、空間歪曲《わいきょく》が発生、住人にも謎のダンジョンが出来上がったたって訳ね」

「クハハハハ、そういうことさね」

「笑い事じゃないですよ。これって、呪いの類なんですから……」

リオンは、黒い靄にソッと手を伸ばした。

すると、ほんのわずかだが、手の重さが増した。

いや、それは正確ではない。この黒い靄が、手の力を奪ったのだ。

リオンは師匠である魔女から、これを『呪詛《じゅそ》』と習っていた。

黒い靄――『呪詛』の力はその程度、けれど実害は厳然として存在するのだ。

「ジーンさん、これ、『呪詛』っていうんですけど、何とかしようとは思わなかったんですか？」

「うん、まあ、思わないでもなかったんだが……」

「だが？」

「いや、道具のある場所は分かってるし、空間が歪んでもどこに繋がってるかは把握してたし、まあ、いいかなと」

ハハハハハ、と誤魔化すように笑った。

「要するに、面倒くさかったんだな」

「まあ、そうなるな」

ケニーの一刀両断に、ジーンは頷いた。

「……完全に、掃除できない人の台詞……！　というかこれ、まずいですよ。このままこの『呪詛』が増え続けると、天国だか地獄だかの門に繋がっちゃうかも」

「それはそれで興味深くはあるけど、バレたらヤバいね。周りは貴族のお屋敷が多いし。で、どうにかできるかい？」

「できるわよ。原因が分かってるんなら、あとは解決するだけだもの。この魔窟《ダンジョン》の攻略と、他は普通の清掃とか食器洗いね」

ソーコは、メモに書き込む手を休めない。

その様子を眺めながら、ジーンはススッとリオンに近付き、囁《ささや》いた。

「なあ、すげえな、嬢ちゃん。あの狐幼女……この呪われたみたいな地下室の片付けと普通の掃除を同列に扱ってるぞ」

ゾワゾワゾワゾワとしたくすぐったさに、リオンの背筋に鳥肌が立つ。

慌てて、ジーンから距離を取った。

「き、狐幼女じゃなくて、ソーコちゃんです。あと、わたしは嬢ちゃんじゃなくて、リ、リオン・スターフって名前がありますから」

リオンは抗議したが、ジーンがクハハと笑いながら距離を詰め、背中を叩いてきた。

「あー、悪かったよ、リッちゃん。仕事としちゃあ、要はこの館を綺麗にしてくれりゃいい。多少乱暴にしてくれても構やしねえけど、えーと、ケニーだっけか？　家が傾くとかそういうのは勘弁な」

「その点は、問題ない。ソーコ、見積もりはどんなもんだ？」

「まあ、ザッとこんなとこ。ちょっとお高いのはダンジョン攻略分ね」

ピッと見積もりを書き込んだメモを破ると、ジーンに向かってカードのように投げた。

それを受け止め、目を通すと、ジーンは歯を剝き出して笑った。

「へえ……いいねえ。悪くない額だが、サービス一つ付けてもらいたい」

「内容によるわね」

「食事の用意ってのも仕事に含まれるんだよな？　ウチの保存庫にある材料いくらでも何使っても構わねえから、クランのメンバーに振る舞ってくんないかね。もちろん、アンタ達の分も込みだ。こっちが用意する訳じゃないけど、これも一種の賄い飯になるのかねぇ」

そういう提案なら、三人に異存はなかった。

「とりあえずあの『呪詛』が問題だな。数が多い」

壁際を緩やかに漂う『呪詛』を、ケニーは『消えろ』の一言で消滅させる。

しかし靄は他にも、あちこちに存在している。

濃いモノなら片っ端から片付けていけばよさそうだが、薄暗い空間に溶けるように、薄い靄も存在するのだ。

「コイツら、気力とか魔力を吸うんだよ。そこが厄介でね」

ジーンは、手で『呪詛』を払い散らした。

リオンは部屋の隅や物陰の、闇が濃くなっている部分を指差した。

「ケニー君、あそことあそこの『呪詛』を優先で散らしてくれる？」

「まずいのか？」

「塊になってきてるでしょ？　そのうち、小さな悪魔みたいな形で実体化して人を襲うようになるの。さらにこれが増えると、さっき言ったみたいに魔界とかに繋がるようになっちゃうんだよ」

「……そりゃ、さっさと片付けないとヤバいな」

ケニーはリオンの指示に従い、『呪詛』を払っていく。

「まあ、さっき言った面倒だっていうのも本音なんだが、その気になれば殲滅《せんめつ》できる実力者なんてウチにはゴロゴロいる。いるんだが……」

ピッとジーンが指で新たな『呪詛』を弾くと、靄は呆気《あっけ》なく霧散したが、同時にその余波で壁に小さなヒビが入った。

「うん、理解した。アンタ──達が本気出したら、俺達は生き埋めになりそうだ」

「そう、かといって神官職の連中に任せるには、魔力が持たねぇ……何だかんだで、ここそれなりに広いみたいだし。しかも、ウチの金管理してる連中からすりゃ、家には傷をつけてほしくないって言うしよ」

実に厄介、とジーンは鼻を鳴らした。

「あれ、わたし達への支払いって、そのお金管理している人達、通さなくていいんですか」

「いらねえ。アイツら必要なのは分かるけど、面倒くさい。支払いはアタシの個人的な財布からだよ」

クランの経理担当が頭を抱えそうなことを、ジーンは平然と口にした。

「オーケー。つまりなるべく家には傷をつけず、かつ、この『呪詛』を全部駆除すりゃあいいんだな」

やるべきことは、単純だ。

ただ、ソーコは短く嘆息した。

「ああいうのは、あんまり亜空間に入れたくないわね。そもそも、『空間遮断《ギロチン》』が通じるかどうかって問題もあるわ」

リオンはふと懐の袋を取り出し、中の丸薬を手の中に転がした。

「じゃあ、これ使う？　虫と小動物用の煙玉。即効性だから、十分ぐらいで効果が出るよ」

もちろん人間にも毒なので外に出ている必要があるが、十分程度なら問題ないだろう。

「なあ、でも『呪詛』の類にそんなモン、通じるのかい？」

ジーンの疑問ももっともだが、それぐらいリオンも織り込み済みだ。

「いえいえ、このままじゃ効きませんよ。だから『呪詛』相手にも通用するように、少し調合を加えるんです。あ、でもちょっと材料、貸してもらえますか？　生活魔術科の教室にもありますけど、取りに戻るのも手間というか……」

「そりゃウチにあるモンなら構いやしねえけど、何がいるんだい？　聖水か？」

リオンは慌てて、首と両手を振った。

「魔除けには、お塩でいいんですよ」

◇◇◇

……そして準備も含めて十分と少し後。

地下室の入り口を塞いでいる扉を開くと、『呪詛』を浄化する煙玉の白い煙が吐き出されてきた。

「『煙は外へ』」

ケニーの呟きに、白い煙は意思でもあるかのように、勝手口から出ていった。

「終わりました。さ、二人ともさっきと同じパターンで行こっか。……でも二人とも、気を付けてね。さすがに効果が地下室全部って訳にはいかないと思うから、奥にはまだ『呪詛』が残ってると思う」

「分かった」

「その時はまた、リオンに任せるわ」

古い石段を下りる三人の後ろを、ジーンはついていく。

階段を下りきると、少なくともこの周辺の黒い靄――『呪詛』は完全に消え去っていた。

「……今度、経理に言って、塩、いっぱい購入しとくように伝えとくわ。あと、できればさっきの丸薬、ウチで買わせてもらえねえかね？」

地下室はダンジョン化しているとはいえ、基本的な造りは人の手によるモノのままだ。

つまり、石造りであり、壁には洋灯《ランプ》が設置され、扉と通路と部屋が存在する。

なので、『呪詛』が濃くなってきたと感じれば、リオンが煙の出る丸薬を使用し、扉を閉めて空間の浄化を繰り返した。

無力化した道具や調度品は、ソーコが回収する。

そうして、進んでいる最中――部屋の隅から、唐突に黒い影が飛び出した。

「ケニー君、横っ！」

リオンの叫びに、ケニーは頭を傾けることで応えた。影はその勢いのまま壁にぶつかり、床に転がる。

「……そう来たか」

影の正体は、一抱えほどある宝箱だ。

宝箱に擬態して人を襲うミミックというモンスターが存在するが、目の前で蓋を開け閉めし、威嚇してきているのは、おそらく本物の宝箱だ。

さらに何百枚もの輝くコイン、皿にボウル、短剣長剣、モップ、バケツ……様々な無機物が、リオン達を取り囲んでいた。

「『呪詛』で汚染されちゃってる……一種の憑依《ひょうい》だよ。ああいうのには、煙玉も効きづらいんだよね」

さて、どうしようかとリオンは考える。

包囲網が狭まる中、ケニーはのど飴《あめ》を口に放り込んだ。

「ジーン、ああいうのもやっぱり、壊さない方がいいんだよな？」

「まあ、極力ね。壊しちまったら、それはそれでしょうがねえさ」

四人の中で最も優れた身体を持つ黄金級冒険者、ジーンに危機感はまったくない。

ただ破壊するだけならば、リオン達の出番などまったくないだろう。

しかし今回の仕事は、そもそもダンジョン攻略やモンスター討伐ではなく、部屋の片付けと掃除なのだ。

「今日はリオン、大活躍だな」

「ホント。私達が脇役だわ」

ケニーとソーコも、リオンが何をするか、分かっているようだった。

「もー、やめてよ」

リオンは苦笑いを浮かべながら、自分の草色のローブを留めている、琥珀のブローチに触れた。

「それじゃ、出て——『粘体《クズモチ》』」

リオン達を取り囲んでいた、『動く道具』達が一斉に躍り掛かってきた。

同時に、リオンの魔術が発動。四人を覆うような半円球状《ドーム》に出現した、特大のスライムが障壁となり、道具達の襲撃を阻んだ。

そのままスライム――『粘体《クズモチ》』はドーム状態を解除、リオンの前でシュルリとまん丸い饅頭《まんじゅう》状態へと形を変えた。

高さはジーンとほぼ同じぐらい、通路をほとんど塞ぐようなスライムだ。

透明な身体の中では、先ほど襲ってきた道具達が、震え、もがいている。

一塊になったそれらを、ケニーが『綺麗になれ』と浄化し、ソーコが亜空間へ収納した。

「ケニーは基本、索敵に集中でよろしく。私もしばらく回収に専念するわ」

「へいへい」

リオンは『粘体《クズモチ》』を使役し、次々と襲い掛かってくる道具達をその身体へ沈めていく。

その巨体故、たった一体しか出現させられないが、この状況においての効果は抜群だ。

通路をほぼ塞ぐ大きさの『粘体《クズモチ》』がゆるりと進み、道具達は次から次へとその身体に沈んでしまう。止まるという思考は持ち合わせていないようだった。

そうなったらもう、ケニーの浄化、ソーコの回収という黄金パターンで終了だ。

「……なるほど、スライムによる生け捕りか。考えたねえ」

後ろから、感心したようなジーンの声が響く。

やがて通路は途切れ、一際大きな部屋に出た。奥の方には灯りがなく、薄暗い。

リオンは何となく、ここが最後の部屋のような気がした。

天井も、今までの通路の二倍は高くなっていた。

「——でも、さすがにアイツにはちょっと、厳しくないかねえ？」

暗くなった大部屋の奥に、黒く蠢く巨影があった。

「あのジーンさん、その台詞は何だか悪役っぽいんですけど」

リオンはそう突っ込みながら、巨影の正体を見極めようと目を細めた。ヌルン、と『粘体《クズモチ》』も視界を妨げないように、脇に寄る。

「この屋敷の所有者だから、ある意味間違っちゃいないねえ。さ、頑張っておくれ」

この仕事は全部、自分達に託してくれるという意味なのか、ジーンは壁にもたれ掛かり、傍観を決め込むようだ。

「『明るくなれ』」

ケニーの『七つ言葉《セブン・ワード》』が発動し、部屋がほのかな灯りに包まれる。

巨影の正体は、無数の道具が集まってできた、ヒトガタだった。たとえるならガラクタ製ゴーレムといったところか。

部屋中の『呪詛』が集中しているのか、身体中に黒い靄を纏わせながら硬い音を鳴らし、こちらへと迫ってくる。

なるほど、あの質量では『粘体《クズモチ》』でも捕らえきれないだろう。力任せにちぎられそうだ。

伸ばしてくるその手の平も、リオンなどあっさりと握り潰せそうなぐらい大きい。

「下手に関わったら呪われそうなのが出たな。どうする、俺が始末するか？」

ケニーの提案に、リオンは迷った。

この後も、ケニーにはソーコが回収した道具類を綺麗にしたり、修理したりと仕事があるのだ。

だからもっと楽な方法を考えた。

「ソーコちゃん、ロープ出してくれる？　ケニー君が作ってたやつ」

「ん？　ああ、確かに『アレ』って、こういう相手にこそ相応しいわね」

ソーコは亜空間から、ロープを取り出した。

ロープは生き物、たとえるなら蛇のように先端をもたげたかと思うと、『呪詛』ゴーレムへと躍り掛かった。

そしてシュルシュルと、その巨体に絡みついていく。

いつの間にかロープの長さは伸び、太さは増していた。

三人合わせる必要あるかなーとリオンは苦笑いを浮かべながらも、ソーコとケニーに合わせた。

「それじゃいくわよ。せーの——」

「「「——『梱包《こんぽう》』‼」」」

ビシリ、と『呪詛』ゴーレムの身体が、太いロープで縛られた。

「自動で『梱包』できるロープの魔道具だよ。俺は『引っ越しシリーズ』って呼んでて、中身を入れたら自動で蓋が閉まって建物の外まで出てくれる折りたたみ式の箱、花瓶とかの壊れ物にまとわ

りついてクッションになる魔法生物《スライム》とかがある。『収納術』がなくても、こういうのがあれば便利だろ？」

というのがゴーレムを『浄化』しつつジーンにした、ケニーの説明であった。

おそらく『呪詛』を完全に祓《はら》えたのだろう、地下室の空気、気配とでもいうべきか、それがスッと変わった。

いや、正常に戻ったというべきだろうか。

「ありゃ、すぐ後ろの部屋が出入り口だ。こんなに狭かったのか、ウチの地下室」

「いやいや、この部屋だけでも充分広いですからね!?」

振り返り、少し驚いた様子のジーンに、リオンは大きく腕を振ってみせた。

さっきまで『呪詛』ゴーレムと戦闘を繰り広げていたこの大部屋は、港にあるような倉庫と比較しても、引けを取らないだろう。

「……これなら、迷宮化したままの方が良かったか？　クハハッ、冗談だ冗談。そんな真剣な顔すんなよ」

「まったくもー」

リオンは呆《あき》れながら、大部屋に向けて『清掃《クリーン》』の呪文を唱える。

生活魔術の中でも、基本中の基本であり、要は道具や部屋を綺麗にする魔術である。リオンだけでなく、ソーコもケニーも習得している。

もちろんこの部屋の規模なら、それなりに魔力も消耗するが、リオンにはまだ余力があった。

「……ん？」

「どうしたのよ、リオン？」

「うーん、一カ所だけ妙に空気が違うっていうか……うーん」

リオンは部屋の真ん中に立つと、違和感の気配を探った。

そして右の壁に進むと、手をやった。

部屋の汚れは魔術で綺麗にしたはずなのに、ここだけ汚《けが》れている気配がある。

「ここ、かな？　多分、隠し部屋があるよ。魔術的な仕掛けだから、盗賊職はまず気付けないと思う。『清掃《クリーン》』でも、それなりに使えないと引っ掛からないと思うよ」

「つまり、リオンはとても掃除が上手ってことね」

「すごいぞ、リオン。リオン優秀」

「ファンタスティックだ、リオン。やるねえリオン」

三人が、一斉に拍手した。

「も、もー！　そういうのやめてよ！　あとジーンさんまで便乗しない！」

リオンは、ビシッとジーンを指差した。

「と、とにかくここには隠し部屋があるみたいなんだけど、館の持ち主のジーンさん、どうしましょう？」

ジーンは不敵に笑ってみせた。

「そんなの、聞くまでもないだろう？　アタシぁ冒険者だぜ？」

本来なら、作り手しか開けられない何らかのパスワードや仕掛けがあったのだろう。

それも、ケニーの『開け』には無意味だった。ただし、ジーン相手には、生活魔術の一つ『解錠』と誤魔化しておいた。

そして、開いた壁の向こうは、書斎だった。

「ウチにこんな部屋があるなんてねえ。間取りでも違和感はまったくなかったはずなんだが」

「部屋の主は時空魔術も使えたみたいねー……で、これはどう見ても書斎ね」

ソーコはザッと部屋を見渡した。

紙の積まれた机が最も目立つ。それ以外は書物、巻物《スクロール》。他はない。

魔術の使い手は、こうした部屋を好む。

そしてこの中ではおそらくソーコにしか分からないが、ケニーが強引に壁を開くまでは、時間が停止していたようだ。

「完璧な、魔術師の部屋だね」

リオンやケニーも、同意見らしい。

「それじゃこの部屋の調査も任せていいかい？」

家主の許可が出たが、ソーコとしては少々気になることがあった。

……が、そこはケニーが先回りしてくれた。

「そりゃこっちは構わないけど、むしろいいのか？　普通、クラン所属の魔術師が調べるもんだと思うんだが」

「腕のいいのが今、出払っててね。何より、ここをダンジョンって言ったのはアタシだ。なら、踏破者に第一権利が与えられるのがスジってもんさ」

そういうことなら、遠慮はいらなそうだ。

「危険はなさそう……かしら?」

「こりゃアタシの経験から言わせてもらうんだけど、封印されてた魔術師の隠し部屋ってのなら、中身は大体綺麗なもんさ。変に仕掛けて、自分が引っ掛かったらコトだろ? 何しろ、誰かが助けに来てくれる可能性なんて、まずないんだからね」

ソーコの疑問に、ジーンはあっさりと答える。

そういうことなら、とケニーとリオンが調査に取り掛かった。

ケニーが机周りを担当し、リオンは本棚の背表紙を眺める。

ソーコもリオンとは反対側の本棚を調べ始める……高い所にある本は手が届かないので、後でケニーにでも任せよう。

「リオン、どう?」

「うーん、古い文字だね。『翻訳』に『速読』……と。ん? ああ……っ!」

本棚から書物を取り出し、ページをめくっていたリオンが、大きく声を上げた。

「何、どうしたのよ? そんな驚くようなこと書いてあったの?」

「あ、うん。えーと、この書斎の主――ロス・ディダ氏は、この建物を造った人で最初の住人、宮廷魔術師だったみたい」

「宮廷魔術師なら、この貴族街に家を構えていてもおかしくないわね」

「ディダ氏は土属性の魔術師。この本にはこの人が携わった仕事が書かれてるんだけど、ほら、わたし達が出入りしてる『試練の迷宮』。あれを設計して造ったのも、この人らしいよ」

「で、これが、そのダンジョンの地図のようだな」

書類を漁《あさ》っていたケニーが、丸まっていた大きな用紙を机上に広げた。

そこに書き込まれているのは、ソーコも見覚えのあるダンジョンの地図だ。致死には到らないものの怪我《けが》は負うトラップ、モンスターの種類、通路の幅や部屋の広さなど、いくつもの細かい書き込みがなされている。

「懐かしいねえ。アタシ達も駆け出しの頃はお世話になったもんさ」

つま先を伸ばして皆と一緒に地図を眺めていたソーコだったが、ふとその地図に違和感をおぼえた。

「あら、第一層のここって、ギルドで売ってる地図にはなかったわね。未踏破区域になるんじゃない？」

笑っていたジーンの表情が強《こわ》ばり、ソーコが伸ばした指の先を凝視した。

そしてガバッと前のめりになって、その地点を何度も確認する。

「なっ⁉　おいおいおい、マジか⁉　あのダンジョンはもうマジで完全に攻略され尽くして……マジじゃねえか⁉」

興奮し過ぎているのか、語彙が相当怪しくなっていた。

「……あの、どうしましょう、これ」

リオンがおずおずと尋ねると、ようやく興奮が鎮まったのか、ジーンは前のめりになっていた身体を戻した。

「はぁ……アンタらは冒険者稼業始めて日が浅いからピンと来ないかもしれないけど、ダンジョンの未踏破区域の発見ってのは、スゴいことなんだよ？　発見者はアンタ達だ、が……一ついいかい？」

ジーンは、これまでで一番真剣な表情を作っていた。

「は、はい」

「その未踏破区域の探索、アタシ達も立ち入らせてくれ。冒険者の性分でね。こういうのは見逃せねえのさ」

そもそも、ジーンはこの館の現在の主だし、ソーコ達に否やはなかった。

——なお、本来の依頼である清掃業務は見事にジーンを満足させ、ブラウニーズは今後も定期的に『深き森砦』へ通い、清掃業務を行う契約を交わすことに成功したのだった。

◇◇◇

クラン『深き森砦』の清掃業務から数日後。

朝と昼の境目である三の鐘が鳴る時間、ケニー達が訪れた冒険者ギルドは、いつもよりも賑《にぎ》わっていた。

「ちわっす」

卓を囲んでジョッキを傾ける冒険者のパーティーや、壁にもたれ掛かった一匹狼《おおかみ》らの視線を感じながら、ケニーは馴染みの受付嬢ルキアに声を掛けた。

忙《せわ》しげに書類をめくっていたルキアが、顔を上げた。

「あ、ブラウニーズの皆さん、こ、こんにちは！」

「それにしても、忙しそうだなあ」

ルキアの後ろ、事務業務をしているギルド職員達も皆、書類を抱えて慌ただしそうに動き回っている。

「忙しいなんてもんじゃないですよ、もう。はい、ここからここまで、ブラウニーズへの依頼です！」

ルキアはカウンターの下から人でも殺せそうなほどの分厚さがあるファイルを取り出し、ケニーの前に置いた。

「こりゃまた、大量にあるな」

「読むの、大変そう……」

「三人で手分けした方がよさそうね」

ケニーの背後からリオン、下から覗《のぞ》き込んだソーコも感想を述べる。

「それでも大分絞った方なんですよ。ただでさえ、大クランの『深き森砦』が宣伝してる上、老舗ダンジョンの未踏破区域の発見でしょう。ブラウニーズは一躍時の人ですよ。からかいや冷やかしでの指名の多いことこの上ないんです」

そういうのの選別で、うんざりしているんですよーと、ルキアは深いため息をついた。

「未踏破区域発見の件で『深き森砦』のジーンさんも発奮しちゃって、今クラン総出でスゴい勢いで色んな依頼を片付けちゃってるし、それで他のクランやパーティーも刺激受けちゃって……」

それが今の忙しさに繋がっているらしい。

「……あと、ここだけの話、今の時間に残っている冒険者の大半が、ブラウニーズの顔ぶれを直《じか》に見て、品定めするのが目的なんですよ？」

大変だな、と思う一方、ケニーの頭にはもう一つ、浮かんだことがあった。

すなわち、これは仕事になる、である。

「そりゃあ、申し訳ない。ところでブラウニーズは、事務仕事のサポートもできるんだが……なあ、ソーコ？」

「もちろん、守秘義務は基本中の基本よ。あと、人手は一人で四人分ぐらいできる子もいるわ。でしょ、リオン？」

「え、今からここでお仕事？　わたしは別に構わないけど……本当にやるの、ケニー君？」

ギルド職員達の視線がケニー達に集中し、ルキアはこちらに向かって思いっきり身体を前のめりにした。

「雇います！　今から！」

「了解。ああ、ただし時間は七の鐘まで。それまでには終わると思うけど、念のためな」

「ああ、そういえばケニーさん、いつもと少し違う格好していますね？　黒のスーツ姿なんて、どこかにお出かけですか？」

「まあ、ちょっと、あちこちに散らばってる生活魔術師達と、今夜集まろうと思ってさ。さて、さっさと終わらせようか」

　ケニーはローブとジャケットを脱ぎ、シャツの袖を捲《まく》った。

「そうそう、これ、前に言われてたブラウニーズのシンボルマーク。デザインできたんで、持ってきた。書類がこっち。サンプルはこんな感じ」

　ケニーは、緑のシャツの前で、箒《ほうき》とオタマが交差するイラストと、必要書類、それにイラストが刺繍《ししゅう》されたハンカチや刻印された指輪・襟バッジを提出した。

　なくても困らないが、あれば職員や依頼主がそれをおぼえ、仕事が増えるという話だったので作ったのだ。

「あ、ありがとうございます。色々ありますすねえ。では、これで申請させていただきますね。ああ、あと先日ご質問いただいた件ですけど、構わないそうですよ。基本登録のみの冒険者申請。身分証明にも使われますし。ただ、緊急時の招集など、最低限の義務は発生します」

「オッケー、分かった」

◇◇◇

一日の最後を知らせる七の鐘が鳴った。

ユグドラシル・ホテルのレストラン『知識の泉』で、クセロ・スレイトスはゴリアス・オッシと向き合った。

二人の前には少し前から豆茶が置かれていたが、どちらも手をつけていない。

眼鏡の位置を指で直しながら、スレイトスは告げた。

「先輩、こうなってしまった以上、僕達としては手を引かせていただきます」

「……事情は分かった。しかし、始める前はずいぶんと自信満々だったと記憶しているのだが？」

顎髭を撫で、オッシは目を細めた。

ふん、とスレイトスは鼻を鳴らした。

「彼らだけなら、造作もなかったのですがね。後ろに『深き森砦』がついてしまいました。あそこを敵に回すのは厄介です」

「つまり、自分達より大きなクランとは対立したくないから、これ以上関わる気はない、ということか」

「戦術的撤退というやつですよ。引き際を見極めるのも、指揮官の務めです」

リスクは可能な限り抑える。

人の上に立つ身としては、当然の行動だと、スレイトスは思う。

「……まったく、どうしてこうなった」

オッシは呟くが、それはむしろスレイトスが聞きたい。

ただ、新米冒険者達を干上がらせるだけの仕事だったはずだ。

「それはそうと先輩。こちらが受けた被害の補塡はしてもらえるのでしょうか」

「被害？　何のことだ？」

オッシは、まったく心当たりがない、という顔をした。

「ウチの下の者達が、下級の依頼を根こそぎ奪った作戦についてです。結果、こちらの幹部までぐだらない仕事をする羽目になり、若干の赤字が出ています。しかも新人の冒険者達が仕事にありつけないでいると、冒険者ギルドからも苦情が来ています。先輩からの依頼で、こうした作戦を行ったのですから、先輩からも何らかの補塡をしていただかないと」

スレイトスが話すと、オッシは身を乗りだし椅子の足を鳴らした。

「いやいや、待て待て！　私は相談はしたが、作戦を考えたのはスレイトス。君ではないか。どうしてその損失を私が埋めなければならないのだ？」

「ですからそれは今、説明した通り……」

自分でも少々苦しいとは思うが、スレイトスはここを通す必要があった。

何故ならば……。

「……まさか、また博打《ばくち》か」

「今、その話はしていませんよ、先輩」

スレイトスは、眼鏡の位置を整え直した。

しかしオッシの言葉は止まらない。

「博打で金をすってしまい、見込んでいた作戦も失敗。私から受け取るはずだった金が必要になった……そんなところか？　いいか、私が払うと約束したのは、成功報酬であって、失敗した以上。こちらが払う理由はない」

「しかし……！」

スレイトスとオッシの不毛な話し合いは、しばらく続いた……が、話し合いは決裂した。

「もういい！　これは残りの金だ。手切れ金としては充分だろう。損失とやらは自力で何とかしろ。最後に、ここの豆茶代ぐらいは払っておいてやる。ではな！」

オッシは憤然として席を立ち、精算に向かった。

少し遅れて、スレイトスもレストランを出た。

今回の作戦で出た損失は大きくはないが、かといって小さくもない。

何らかの策を講じる必要があった。

カツカツカツカツ……早足で、ホテルの硬い通路を歩く。

元手はある。増やすアテもある。ならば、あとはそれをするだけだ。

空調の効いた通路を抜けると、昼間の暑さの名残《なごり》がスレイトスを包み込んできた。

黄昏時《たそがれどき》のオレンジに照らされた、渡り廊下を進む。

目指す先は、ホテルに併設されているカジノである。

慣れた足取りで、スレイトスはカードのテーブル卓に座った。

最近はどうも負けが込んでいるが、勝負には波というものがある。

ならば、ここから波は高くなる。

その予感が、スレイトスにはあった。

そのスレイトスの隣に、男女が座る。

「はじめまして。今夜は、よろしく」

隣に座った黒いスーツの青年が、愛想よく会釈してきた。

赤毛を後ろでラフに縛ったその青年の顔に、何だかスレイトスは既視感をおぼえた。

「これはどうも……失礼。前にどこかでお目に掛かりませんでしたか？」

「いえ、初めてですよ」

青年の隣にいるのは、奥さんと子どもだろうか。

ナイトドレスに身を包んだ慎《つつ》ましそうな黒髪美人が、レースやフリルがふんだんに盛り込まれた白いゴシックロリータ調のドレスの幼女を膝に乗せている。母親の血が濃いのか、髪の色は黒い。

幼女の方は目の周りの部分を隠すマスクをつけているが、その視線は興味深そうにテーブルやディーラーを眺めているのが分かった。

このカジノは、子連れもそこそこ多いのだ。

「お子さん、面白いバッジをつけていますね」

緑色のシャツの前で、箒とスプーンっぽいモノがクロスされたデザインだ。

「でしょう。最近のお気に入りなんですよ」

スレイトスの言葉に、青年は笑った。

彼の妻も会釈しながら、指に嵌《は》まった指輪をソッと撫でた。

「それでは、そろそろ開始いたしましょうか」

ディーラーが促してきたので、スレイトスはゲームに集中することにした。

彼の後ろに立ったギャラリーの男は、刺繍の施されたハンカチで、頬の汗を拭いた。他のギャラリーも眼鏡のツルだったり、ネクタイピンだったりを、同じような仕草で拭いた。

そして、ディーラーも微笑みながら、襟バッジを撫でた。

「……今夜は楽しもう、クセロ・スレイトス」

スレイトスの隣に座った青年は決して相手に届かない小声で呟きながら、自分の前に滑ってきたカードをめくった。


——その日、冒険者クランの代表を務める一人の青年がカジノで徹底的に負け、身ぐるみを剝がされた。彼はパンツ一丁で街を歩く羽目になり、彼が所属している冒険者クランも大いに株を下げたのだった。

第三話　生活魔術師達、神の僕《しもべ》と対立する

王都の中央広場を囲む建物の一つに、荘厳な教会があった。

夕方の説教も終わり、教会の責任者である若き司祭、イエルナ・トッティモは己が信奉する神・ゴドーに祈りを捧げていた。

銀色のおかっぱと銀糸で刺繍された白の法衣が夕日に輝き、まるで己が神の御使いであるかのような錯覚をおぼえてしまうこの時間が、トッティモは好きだった。

「神よ……今日も平穏な一日をお与えくださり、感謝いたします……」

トッティモの祈りは真摯であり、神聖なものだ。

その静謐《せいひつ》な空間を破ったのは、重い両開きの扉が開く音だった。

トッティモは糸のように細い両目を、わずかに見開いた。

「トッティモ司祭、いるか？　告解をお願いしたいんだが」

渋い声を響かせながら、顎髭を蓄えた長身の男がトッティモに近付いてくる。

ノースフィア魔術学院、戦闘魔術科の科長ゴリアス・オッシであった。

貴族街にほど近い、大通りから一つ筋を外した閑静な通りに、その小さな酒場はあった。

ドレスコードこそないものの、酒も料理も時価という店だ。

以前はユグドラシル・ホテルのレストラン『知識の泉』がお気に入りだったのだが、後輩のクセロ・スレイトスと言い争いになって以来、いまいち使う気になれずにいた。

酒の入ったオッシは、予算会議を発端とした、自分と生活魔術科との確執を、カウンターの隣の席に座るトッティモに語った。

もはや済んだことだというのに、生活魔術科はいつまでも根に持ち、本来行うべき学院への奉仕活動を放棄したこと。

その無責任な行動の結果、他の科が迷惑していること。

特に大所帯である戦闘魔術科には、その負担が大きいこと。

生活魔術科の生徒達はたまに科長であるカーに報告するため学院を訪れるが、基本的に各地へ『校外実習』へ赴いている。

相変わらず、いや、何故か以前よりもオッシは生活魔術科に敵視されているような気がするのだ。

……オッシの説明は酔いもあり、やや主観が入ってはいるが、大きく間違ってはいないはずだった。

トッティモのグラスの氷が、カラリと音を鳴らした。

「ふぅむ、なるほど……そういうことになっているのですか」

「そうだ！　もちろん、予算の編成に関しては、少々強引な手口だった自覚はある！　だが、必要なことだったのだ！」

「そういえば、もうじき双月祭でしたね。去年が惜しかった分、今年は是が非でも、といったところでしょうか」

「うむ」


双月祭は、体育祭と文化祭を合わせたような大規模なお祭りで、北のノースフィア魔術学院、南のサウザンズ剣術学園、二校の間にあるミドラント商店街が二日掛けて様々な催し物を行う。

体育祭的なイベントは『月華《ゲッカ》』と呼ばれ、二校の直接戦闘《バトル》の他、トラップ満載のダンジョンを突破するタイムトライアルや、飼い慣らしたり召喚したりしたモンスターに騎乗しての騎馬戦などが行われる。

文化祭的な要素は『月見《ツキミ》』と呼ばれ、各科が趣向を凝らした出店や研究成果の発表を行う。

魔術学院は自家製の茶葉を使った喫茶店や本物の霊を呼び出して作ったお化け屋敷などで魅し、特に呪歌演奏科によるライブ、幻術科による立体映像は毎年派手で評価が高い。

剣術学園側は討伐したモンスターの骨格標本の展示などの他、剣舞による彫刻や、空中ブランコに火の輪くぐりといった、サーカスのように身体を動かすことで魅する催しが多い。

そして最終日の閉会式に、『月華』はポイント制で、『月見』は売り上げで、大きな成果を上げた科が発表される。

同時にこれは、ノースフィアとサウザンズの対抗戦にもなっている。

『月見』は売り上げ順がポイントに換算され、『月華』のポイントを合わせたその総合得点で勝敗が決せられるのだ。

なお、ミドラント商店街はこの総合得点による勝敗には関わらないが、代わりにどちらが勝つかの賭博が行われていて、これはこれで盛り上がっている。

オッシ率いる戦闘魔術科は、『月華』の主力だ。……が、前年度は総合ポイントでの勝利を逃し、雪辱に燃えている。

双月祭はその賞品も豪華で、前年度は孤島を模した小さな箱庭の古代魔道具だった。

登録した者が触れると箱庭内に転送され、孤島の中では様々な素材が取り放題で、ダンジョンもあるというものだった。

筋力や体力が増強される果実、それが育つ樹木や種子、モンスターの素材や稀少《きしょう》な鉱石は市販のモノより遥《はる》かに軽くて頑丈な武具や防具に加工され、どれも評価が高い。

また、霊体どころか魔術すら断ち切る魔剣、絶対障壁を築く大盾、主《あるじ》の命令に忠実な戦闘用人造人間《ホムンクルス》、時を止める懐中時計、透明化のマント、様々な情報が蓄積された石板などといったマジックアイテムも数多く発見され、オッシ達魔術学院側は歯軋《はぎし》りしたものだ。

今年度の賞品はまだ発表されていないが、強引な予算編成をしても元が取れるモノだろうと期待はされていた。

どこの科も質のいい素材や魔術触媒は欲しい。

昨年の生活魔術科は『第四食堂』を試験的に実施し、上位ではないもののそこそこの成果を上げ、以後は継続的に『第四食堂』をオープンし続けてきた。

今年もおそらく『第四食堂』を開くだろうと、オッシは生活魔術科の科長であるカーから予算会議の前に聞いていた。『月華』に参加する予定はない、とも。

オッシには、ならば生活魔術科は現状維持で問題はなく、『月華』参戦者により多く予算を割り振れば、総合得点で剣術学園を上回れるのではないだろうか、という思惑があった。

通常営業でも『第四食堂』の売り上げは悪くないようだったし、予算はなくても自力で稼げる科なのだから何とかなるだろう、と考えたのだ。

ならば、魔術学院が勝利した暁には、『月華』に参加した皆で今年度の賞品を分け合おう。

予算会議前に、オッシはそう他魔術科の科長達を説得したのだ。


そこまで話し、オッシは新たな酒を注文した。半ば自棄気味に、オッシはそれを呷った。

「それを生活魔術科の連中ときたら、この期に及んでまだ我々を困らせてくれる。今はノースフィアが一丸となって打倒サウザンズを目指さなければならないというのに！」

それまで黙って聞いていたトッティモが、穏やかに口を開いた。

「恨みつらみは良くない気を呼ぶといいます。不和が続けば、オッシ殿の大望にも支障をもたらしてしまうでしょうね」

「その通り！　各々がすべきことをせねばならない時期なのだ。高速詠唱や術式構築といった基礎トレーニング、実戦形式の模擬戦、それにもちろん体力勝負の面もあるから、身体作りも必要になってくる。我々は、細々とした雑用に手間取っている場合ではない。そんなくだらないことは、生活魔術科が担当するべきなのだ」

「若干意見に偏りがあるようですが、それぞれの専門分野が担当する、というのは理に適《かな》っていますね」

「そうだろう⁉　やっぱり私は間違っていない！」

「でしたら、やるべきことは単純ですね」

「何か、策があるのか？」

「生活魔術科、でしたか。その方達に、今のオッシ殿の言葉を聞かせ、説得するのですよ」

　極めて真っ当な提案だったが、オッシはグラスをカウンターに叩きつけた。

「それができれば、苦労しないのだ！　奴ら、私の言葉などまるで聞き入れないのだよ！」

「オッシ殿、酒場にはそれに相応しい声量がありますよ？」

「ぐっ」

　オッシは周囲の、ささやかな非難の視線に気付き、口をつぐんだ。

「オッシ殿の言葉は聞き入れられない。ならば、どうすればいいと思いますか？」

「それは……」

　簡単だ。代わりの人間に託せばいい。

　そして、説教の専門家が今、目の前にいる。

「……頼めるだろうか、トッティモ司祭」

「喜んで。……しかし私は思うのですが、オッシ殿の事情をまず、その生活魔術科の方達に話すべきだったのではないでしょうかね？」

それから学院への出入りに関することや、冒険者ギルドのこと、生活魔術科の教室の場所の話を聞くなどして、トッティモは酒場を出ていった。

その背を見送り、オッシは酒精の混じった吐息を漏らした。

「……本当に、悪い人じゃないのだが……どうしてこう、いつもいつも一言多いのだろう……」

◇◇◇

冒険者ギルドに併設された酒場。

生活魔術師パーティー『ブラウニーズ』のソーコ達が囲むテーブルには、大量の依頼書が積まれていた。

「さすがにこれだけ大量だと、逆に困るわね」

「まあ、それでもギルドの方で厳選してくれてるから、ここにあるのはまともな依頼になっていると思うよ。ちょっと前に目を通させてもらったけど、やっぱり酷いのがあったもん」

「……じゃあ、今日はこれとこれとこれ。時間的にかぶらないし、短時間で終わる仕事だ」

ソーコとリオンが話している間に、スゴい勢いで依頼書に目を通していたケニーが三枚選んだ。

「ケニー君、よくあれだけで全部目を通せるよね……」

「必要な部分だけ選別するなら、それほど時間は掛からないんだ。問題がないなら早速――」

立ち上がろうとする三人のテーブルに、一人の神官が近付いてきた。

銀色のおかっぱ髪、糸のような細目、銀糸を織り込んだ白い法衣、そして胸にはゴドー聖教の聖印。

「――こんにちは。私、ゴドー聖教の司祭を務めておりますイエルナ・トッティモと申します。少々お時間をよろしいでしょうか」

ケニーは席を立った。

「よろしくないです」

「行くわよ、リオン」

ケニーに、微笑む神官を一瞥《いちべつ》したソーコも続いた。

「え、ちょ、話聞かなくていいの⁉」

「いいも何も、よろしいでしょうかって聞かれたんだから、よくないって答えただけだろ。まさか、拒否権なしでそんな問い掛けはないと思うし、実際これから仕事なんだから、聖職者の説教を聞いている暇なんてない。すみませんが、他を当たってください。それでは失礼します」

ケニーは軽く頭を下げてやり過ごそうとしたが、トッティモはわずかな身体の動きでそれを阻んだ。

「これはずいぶんとせっかちな人達だ。君達はまだ若いのですから、もっと心に余裕を持った方がいいでしょう。人生はまだまだ長いのですから」

「ご忠告感謝します。話は終わりましたね」

「ああ、いえいえ、本題にはまったく入っておりません。それに、ゴドー聖教への勧誘でもありません。もちろん入信していただけるなら、歓迎いたしますが」

トーンこそ穏やかな談笑だが、どちらも一歩も引く気がないのはありありと伝わった。

席を立った直後の、中途半端な体勢だが、まさか聖職者を突き飛ばす訳にもいかない。そんな真似をすれば、悪者がこちらになるのは明白だ。

ソーコは二人の会話をぶった切るように口を挟んだ。

「あいにくと私は実家がジンロっていう精霊系の太陽神信仰なの。もっともウチの国じゃ、ゴドー聖教もウメ教もイベントは大体節操無しでやるけどね。とにかくケニーが言ってる通り、私達はこれから仕事なの。それを邪魔する権利なんて、貴方にはないはずよ？」

「仕事の邪魔など、とんでもない。ただ、お耳を傾けていただければと思い、伺ってみただけなのですよ。とある人から悩みを聞かされましてね。貴方達の、ノースフィア魔術学院での行いに関しまして」

「行い？」

リオンが首を傾げた。

「はい。皆様は生活魔術なる、人々の日々の営みの助けとなる魔術を学んでいると聞いております。しかし現在は、その務めを放棄し、魔術を利用して金策に走っているというではありませんか」

ケニーがグチャグチャと、自分の前髪を掻いた。

「あー……戦闘魔術科のオッシ先生の差し金か」

「はい、その通りです」

「隠す気はないんだな」

「隠す理由がありませんから。もちろん、予算会議における彼の行動が強引だったことは否定できません。しかし、彼にもそうせざるを得ない事情があったのです。双月祭は、ご存じですよね」

ケニーは一瞬、髪を掻いていた手を止め、納得したように頷いた。

「……ああ、つまり去年負けた双月祭で、どうしても今年はサウザンズ剣術学園に勝ちたいから、削ってもよさそうな生活魔術科《うち》から取ったってことか」

「すごいね、ケニー君。双月祭って単語だけでそこまで答え出しちゃうんだ……」

「その通りです。ただ、それもノースフィア魔術学院全体を考えてのことでもあったのです。なので、どうか慈悲と寛容の心で許してあげてもらえませんか？」

トッティモといったか、この司祭の台詞回しはいちいちソーコの癪《しゃく》に障った。

「ずいぶんと勝手な言い草じゃない。あのねえ、生活魔術科《うち》は戦闘魔術科《あっち》から、あってもなくても困らない科って言われたの。なら、私達がいなかったとしても問題ないでしょ」

「オッシ殿の軽はずみな発言だったことは否めませんね。しかし実際に貴方達がいなくなってどうなりましたか。彼ら、戦闘魔術科……いえ、学院全体の業務やカリキュラムに遅滞が生じてしまいました。皆も、充分分かったと思います。生活魔術科が、ノースフィアに必要不可欠な存在であると。ですので、また彼らを助けてあげてほしいのです。そうすることで、また彼らも貴方達を助けてくれるでしょう。人の世は助け合いの精神で、回っているのですから」

「はぁ!?」

気付けば、ソーコは今までで一番大きな声を上げていた。

ケニーもリオンも、素早く彼女から距離を取った。

ソーコは椅子の上に立つことでようやく、トッティモと同じ視線に並んだ。

「助け合い？　何よそれ。こっちはいくつも学院のサポートをしてきたけど、助けてもらってないわよ。それとも、ウチの予算を削るのがそれだって言うの？　いい？　私達がやってたことはそもそも、誰かから強制されてやってきたことじゃないの。純粋な善意。強いて裏があるならそうすることで、経験を積めるからよ。でもね、そうした善意ってのが当たり前になると、次第に人は感謝の気持ちを失うの。私達がやるのが当然。やらなければ何故しないのかって非難してくる。こっちの都合や気持ちなんてお構いなしにね。活動予算を削った上に侮辱までされて、それで今まで通りにやってくれ？　冗談じゃないわよ！　これ以上聞いてたら耳が腐るわ！　行くわよ、ケニー、リオン！」

非難されても構うものかと、椅子から飛び降りたソーコはトッティモを押し退《の》け、脇を抜けた。

「ああ」

「すみません。お話は、本当にもうこの辺で……失礼します」

ソーコの後ろを、依頼書の束を抱えたケニーとリオンが続く。

「分かりました。それでは日を改めて、また」

さっきまでと何ら変わりない穏やかな口調で、トッティモが言った。

「また⁉」

「すごいな……精神のタフさはオッシ先生を完全に凌駕《りょうが》してるぞ、あれ」

ソーコが固まり、ケニーが感心するほどの相手であった。

……またあの司祭と会うのかと思うと、それだけで胃の辺りが痛くなるソーコだった。

◇◇◇

それからイエルナ・トッティモは、毎日、ソーコ達の前に現れた。

「失礼します。お時間よろしいでしょうか」

ある時は、やはり冒険者ギルドの酒場に。

「こんにちは。いいお天気ですね。お話を聞いてはいただけないでしょうか」

ある時は、移動中の道端で。

「お邪魔しますね。少しだけでも結構ですので、耳を傾けてくださいませんか？」

ある時は、定時連絡を行いに訪れた、生活魔術科の教室に……。

「つがあああっ‼　ストレスで胃に穴が開きそうだわ‼」

最初にぶち切れたのは、ソーコだった。まあ、最初の出会いの時点で切れていたが。

今日はまだ顔を出していないが、遅かれ早かれ、あの穏やかな笑顔をした司祭がいつものように現れるだろう。

一方、ケニーは豆茶を啜《すす》りながら、首を傾げた。

「胃って、穴が開くのか？」

「ウチの師匠の話だと、そうらしいよ？　精神的な負担が増えると、胃の中にある食べ物を溶かす酸も増えるんだって。それで容《い》れ物である胃に穴が開くらしいの」

そういう問題でもないんじゃないかなぁ、と思ったが、リオンは律儀に疑問に答えた。

「……何にしても、これは本当に、どうにかしないといけませんね……」

生活魔術科、科長であるカーは先日トッティモの説教を初めて聞いたのだが、実にうんざりとした表情を浮かべていた。リオンとしても、気持ちは分かる。

ソーコは、カーに詰め寄った。

「先生、あの司祭、出入禁止にはできないの？」

「難しいと思います。何しろ神官職の中でも教区を束ねる位にある司祭ですからね。学院側としてはむしろ、来ていただいて光栄……っていうスタンスみたいで。来るな、なんて言ったらこっちが悪者になっちゃうんですよ」

「ぐうぅ……なんて厄介な相手なの……」

唸るソーコに、ケニーが気の毒そうな目を向けた。

「ある意味、ソーコとは相性最悪だよな」

「何だかんだで、絶対に相手しちゃうもんね……」

リオンはケニーと頷き合った。

「私だって、したくてしてるんじゃないわよ！　あの、さも全て分かっていますよ的な喋り方が、私の神経を逆撫でするの！」

「ああ、だから相性最悪って言ってるんだよ。しょうがない、駄目元で交渉してみるか」

豆茶を飲み終えたケニーは席を立った。リオン、ソーコもその後に続く。

「あの、人の話を聞かない男と？」

「いや、できれば話をしたくない男と」


ケニー達は、戦闘魔術科の教室へと向かった。

途中、グラウンドを横切ることがあり、戦闘魔術科同士のやり取りを見ることもできた。

「おい、ディン。このローブ洗っとけよ。ウチのメンバー全員分、頼んだぜ」

タライで洗い物をしている眼鏡の生徒に、数人の生徒が汚れた緋色のローブを投げつけていた。

「……分かったよ」

「よし、それじゃ今日はもう終わりだ！　飲みに行こうぜ！」

汚れ物を押しつけた生徒達は明るい表情で、去っていった。

「……ここは、あんまりいい雰囲気じゃないなあ」

「同感だわ」

「生活魔術科なら、全員でやるよね……」

とはいえ、余所の科のことに口出しはできない。

暗い顔で洗濯をする生徒を横目に、ケニー達は校舎に足を踏み入れた。


生活魔術科の生徒一行は、戦闘魔術科の科長室を訪れた。

幸いなことに、科長であるゴリアス・オッシは部屋にいた。

そして、ケニーが代表して現状――トッティモの日参――を訴えたところ、意外にも彼も少し困った顔をした。

「彼についてか……うむ、悪い男ではないのだよ」

「そんなことは知っていますがね、たびたび押し掛けられて、こちらはいい迷惑なんですよ。そもその発端は、オッシ先生があの司祭に相談したからって話じゃないですか」

「相談はしていない。単に、告解しただけだ。まあ最終的に愚痴になってしまったが、やはり相談ではないな。うむ……つまり、トッティモ司祭は自分の意志で、君達の元へ訪れているということだな」

その口ぶりに、ズイ、とソーコが前に出た。

「それって、先生には止める気はないってこと？」

「違う。私が言っても止まらないのだよ。何しろ彼は、自分が正しいと思って行動している。だから、どのように邪険にされようと、それを試練として乗り越えようとするんだ。しかも彼は世界最大派閥の宗教であるゴドー聖教の司祭の位にいる。神の僕である己に誤りなどない。ならばそれに抗《あらが》う相手の方が誤りであり、己にはそれを正す義務がある……と、そう考えているのだ」

つまり、オッシの説得にも耳を貸すことはない。いや、今の話が本当なら、どんな人間を連れてきても無理だろう。それこそ神でも連れてこなければ、どうしようもない。

「となると、解決するには――」

肩を落とすケニーに、顎髭を撫でながらオッシは勝ち誇った笑みを浮かべた。

「うむ。この学院の裏方となり、決して目立たないが重要なサポートに戻ってもらいたい」

他に手はないか……ケニーも考えてみたが、今のところ思いつかない。

実際、トッティモに従って、この魔術学院で再びみんなの世話をし、『第四食堂』を再開すれば、丸く収まるのだろう。それを歓迎しない人間は、ケニーの思い上がりでなければ、そんなにはいないと思う。

それが一番楽で、手っ取り早い。

ケニーが重んじる、『効率』にも矛盾しない……が。

ケニーは前髪を掻き分けた。久しぶりに、視界がクリアになった。

「すみませんが、やはり無理ですね。お断りしますよ」

ケニーが断ると、オッシは眉をひそめた。

ソーコが勢いよくケニーを見上げ、後ろではリオンが驚く気配があった。……そんなに意外だろうか。

「ぬ……理由を聞こうか」

「敬意がないからです」

「……つまり、もっと敬えというのかね？」

「いや、そういうのが欲しいって訳じゃないんですよ。ただ、何かしてもらったらありがとう。そのレベルのことすらないんじゃ、やる方だってその気が失せますよね」

ケニーが肩を竦めると、オッシは困ったような笑みを浮かべた。

ケニーは知っている。

これは本音を隠す笑顔だ。過去、ケニーの『七つ言葉《セブン・ワード》』を知った大人が、ケニーを説得する時、いつもしていた顔なのだ。

「ケニー・ド・ラック。それは誤解だ。そりゃ一時期は蔑《ないがし》ろにしたかもしれない。だが、あんなことがあったのだ。君達が学院に必要不可欠な存在だということは、皆分かっている」

「はぁ、でもさっき、そこのグラウンドで雑用に対してずいぶんな扱いをしているグループを見ましたよ。両方とも、戦闘魔術科の生徒でしたけど……あれが、ここの本音でしょ？」

「い、いや、違う。決してそんなつもりはない。ただ、まだ一部の生徒に、そうした地味な仕事を行う者達を尊重する意識が浸透していないのは、残念なことだが……」

「何より、口で言うだけならいくらだってできるんですよ。すまなかった、ごめんなさい。謝ったから仕事してね。いつまで根に持ってるの？　謝ったでしょ？　……これで簡単に、こっちが悪者になるんですよ」

「……何が言いたい？」

「自分達で言うのは、あまりに品がないんで、これ以上は言いませんよ。ただ、言う必要もないレベルのことを要求しているだけなんですから。とにかく、司祭のこともどうにもならない。そちらの要求だけを一方的に聞く、なんて話はありません。そちらは、カー先生と話し合ってください。失礼します」

　ケニーは話を打ち切り、部屋を出た。


　ケニーの横を、やや足早にソーコが追いついてきた。

「ケニー、珍しくキレてたわね」

「ちょっと、嫌なことを思い出した。何にしろ、話にならないってことが分かっただけ収穫だろ」

「……まあ、ないわね」

「ないよなあ。詫《わ》びってのは最低でも、相手に与えた痛みと同じ分、自分でも味わうべきだ。その程度もなしじゃ、問題外だ」

「せめて、本来の予算分ぐらいはくれないとねぇ……オッシ先生、先生なんだから頭はいいはずなのに、どうして分からないんだろ」

　本当に不思議だなあ、という口調で、後ろをついてくるリオンがぼやいていた。

　ケニーがオッシに最後に言ったのは、そういうことだ。

　その予算を出して、ようやくスタート地点なのだ。……まあ、金を寄越せではやはり品がないので、言えなかったが。

「人間って、意外に自分とか身近なことには気付かないモノなのよ。もちろん、私達も含めてね。自覚できるかどうかで、結構大きな差になるんだけど」

◇◇◇

そして三人は、生活魔術科の教室に戻った。

すると、ソファに身体を預け、香茶に口をつけているトッティモがいた。

「……また、いるわ」

ガクリ、とソーコは扉の前で崩れ落ちた。

「こんにちは。お邪魔しております」

「オッシ先生とは、話を付けてきた。司祭、もうこれ以上、この部屋に通う必要はないですよ」

若干疲れが含まれた声で、ケニーがトッティモに伝えた。

「ほう、それは何より。では、今後は学院の雑務をこなす裏方業務に戻られるのですか」

「いや、それに関しては交渉決裂になった。内容については戦闘魔術科とのやりとりだからこちらは伏せさせてもらうけど、オッシ先生から聞く分には構わないと思う」

笑顔はそのまま、しかし少し悲しそうにトッティモは眉尻を下げた。

「それは、残念ですね」

「俺達としても、残念だよ」

「ですが、戦闘魔術科との話し合いが不首尾であったとしても、皆様の成すべきことに変わりはないと思うのです。たとえ誰に認められなかったとしても、神はお認めになりますよ。もちろん私もです」

トッティモの話の流れに、ソーコは嫌な予感をおぼえた。

「ですから、戦闘魔術科との仲違《たが》いとは別に、やはり生活魔術科の皆さんは、この学院に尽くすべきではないでしょうか。それは正しい行いですよね？」

張り付いた笑顔だ。

ソーコは、ようやくこのトッティモという司祭の本質を見た気がした。

トッティモは相手の話は聞く。しかし、聞くだけだ。

自分が正しいと信じたことは、何が何でも貫き通す。それはある一面では美徳だろう。けれど、相手の都合も言い分も一切認めないとなれば、途端に醜悪な一面をさらけ出す。

つまり……この司祭の根底にあるのは『傲慢』だ。

対話がまったく成立しないのだ。

「……ケニー、これ、下手なモンスターよりタチが悪いわ。ある意味、豚人《オーク》よりおぞましいんだけど……」

「奇遇だな、俺も同じことを考えてる」

「えっと……そもそも、神様がお認めになると言われても、ピンと来ないんですけど……」

戸惑いながら疑問を抱くリオンに、嘆かわしいとトッティモは首を振った。

「ふぅむ……リオンさん、ゴドー聖教の主神・ゴドーについては、ご存じですか？　いえ、その様子ですとご存じなさそうですね」

「は、はい、すみません……」

「いえ、私は無知は罪とは思っていません。知らなければ、知ればよいのですから」

そして、トッティモの聖書語りが始まった。


太古の昔、世界には大いなる聖霊だけがあった。

聖霊からは、様々な種類の力が生じた。

それは光であったり愛であったり生活であったり闇であったり音であったり魔であったり戦であったり法則であったりとにかくもう、無数の力であった。

やがて力はそれぞれ意志を持ち、それらが神となった。

多くは人の形を取っていたが、犬や猫、龍の姿を取った神もいた。

意志を持った神々の一部がやがて、こう主張した。

自分が最も優れた神なり。

そのたびに反発が生じ、やがて鎮まったが、何度も繰り返された。

聖霊は、この論争の決着をつけるため、大地を生み出した。

数多の神が受肉した姿で、この地に降り立った。

こうして、最も優れた神を決める争いを行った。

ある神は単純に戦闘力を誇り、ある神は人々に恵みを与え、ある神は天候を操った。

癒やしの神であったゴドーは争いを好まない温和な性格で、幾柱かの女神や龍を味方につけ、最終的にこの地を平定した。

こうしてゴドーは癒やしの神であると同時に、平和の神とも呼ばれるようになった。

ゴドー神殿には、主神ゴドーの他、こうした女神や龍神も共に奉《まつ》られている。

神々は人々を守り、その奇跡の一端を私達に与えてくださる。


「——すなわち、神ゴドーは至高であり正の存在。その神に仕え祝福を受けている私もまた、正しくあろうと日々、努めているのです」

印を切りながら、トッティモはそう締めくくった。

なるほど、教会で聞く分にはありがたい話なのだろう。

けれど、ケニーはうんざりした様子で、手を振った。

「正直に言って、こっちは迷惑なんですがね。ソーコなんてアンタと関わって以来、ストレスでぶっ倒れそうになってるし」

ケニーのキッパリとした拒絶にも、トッティモはまったく応えた様子はなかった。

「嫌われているのは承知の上ですよ。ですが、私達の勤めではよくあることです。それに、たとえ相手に嫌われようとも、後になってきっと皆さんは私の言葉の真意を悟り、感謝することでしょう」

「つまり、どうあっても自分は正しいのだから、それを曲げるつもりはない、ってことですかね」

「私が真に間違っているのならば、神は私に天罰を下すでしょう。しかしまだ、そんなことは一度もありません。……ですが、今日はもう時間がありませんね。夕べの説法の時間が迫ってきていま す。それではまた、伺わせていただきます。香茶ごちそうさまでした」

印を切り、一礼して、トッティモは教室を出ていった。

「二度と来るんじゃないわよ！」

ソーコは閉じた扉を蹴飛ばした。

「よせソーコ、扉が傷むだけだ」

「でもどうするのよ、アレ！　本当に私達が折れるまで、続けるつもりよ⁉」

「そこなんだよなあ……いい加減、関わるのも面倒くさいし……何とかしよう」

「できるの？　できるんだったら、もうちょっと早くしてほしかったんだけど」

「さすがにあそこまでの精神的怪物とは、読み切れないだろ普通……それに、できるかどうかは、まだ確定じゃないんだ……みんな、これを見てくれ」

ケニーは、冒険者ギルドから持ち帰っていた、依頼書の一枚を引っ張り出した。

黒鉄級冒険者パーティーであるブラウニーズへの、仕事の依頼である。

ケニー達のパーティーであるブラウニーズは、生活魔術を活かした独特の依頼募集やその達成、『試練の迷宮』の未踏破区域の発見が評価されて、青銅級から一つ上の黒鉄級へとランクアップしていた。

内容は、いつも通りの清掃業務だ。

依頼主は、ミサエルという名の、とある高貴な人物の執事。場所に関しては会ってからの説明とある。特徴があるとすれば、名前の後ろにある印章だ。

赤い龍が、四角い判子の形で捺印《なついん》されている。

「ケニー君、何この依頼？」

「もしかしたら、現状を打開できるかもしれない、依頼。ただし、それ相応のリスク込み」

「今より酷い現状なんて、そうそうないわよ。受けるわ」

「じゃ、じゃあ、わたしも」

依頼を受けるため、ケニー達は冒険者ギルドに向かうことにした。

そんな三人に、科長であるカーが心配そうに声を掛けた。

「あの……冒険者登録許可しておいてなんですけど、三人とも、あまり無茶はしないでくださいね？」

◇◇◇

依頼者は連絡待ちだったそうで、翌日の二の鐘の時間には、冒険者ギルドの酒場で接触することができた。

執事はおそらく三十代半ばほど、長身の男だった。身のこなしが戦士のような印象を、ケニーは受けた。

「依頼をお受けくださり、ありがとうございます。私、依頼主の代理で執事のミサエルと申します」

「ケニーだ。あっちの小さいのがリーダーのソーコ。大人しそうな方がリオン」

「小さいは余計よ、ケニー！」

ソーコは尻尾の毛を逆立て、ケニーの向こう脛《ずね》を蹴っ飛ばした。

痛む足に顔をしかめながら、ケニーはミサエルが書いたという依頼書を出した。

「一応、確認をさせてもらいたい。この印章についてなんだけど……」

ミサエルはスッと目を細め、微笑んだ。

「……どうやら、ある程度はご承知のようですね」

「以前、少し勉強したことがある。つまり依頼主は——ここで話す内容じゃないな」

ケニーは、視線を酒場に巡らせた。

基本的に冒険者達は互いのことには不干渉だが、それでも誰が聞いているか分からないこの場所で語るには、少々問題がある。

「お気遣いありがとうございます。それでは少々遠出になりますし、乗り物は郊外にご用意しております。どうぞ、そこまでまずは馬車にお乗りください」

ミサエルは立ち上がると、ギルドの外へと促した。

数十分後、王都郊外。

「ド、ドラゴン……？」

そこには大きな翼を有した龍種が二本の足で立っていた。

リオンが呆然と呟く。

翼自体が腕に当たり、先端には鉤爪《かぎづめ》がある。

「飛龍《ワイバーン》だ。しかも人化できるってことは、相当長生きしてる……だよな、執事さん」

そう、この飛龍《ワイバーン》は執事ミサエルなのだ。

辺りに人の気配がないことを確かめ、彼は本性を現した。それがこの姿だ。

（――それではどうぞ、背中にお乗りください。少々高い所を飛びますが、『防風』と『防寒』の魔術を使いますので、適温での旅をお約束します）

「うわぁ……い、いいの？　こんな、ドラゴンに乗って飛ぶなんてお伽噺《とぎばなし》みたいなんだけど……」

（――光栄ですな。遠慮はいりません。『引き寄せ』の魔術も使いますので、落下の心配もございませんよ）

感激するリオンに、ミサエルも機嫌が良さそうに喉を鳴らした。

「三つの魔術の同時展開とか、普通にスゴいな」

ケニーとしては、素直に感心するしかない。

そんなケニーの裾をグイと引っ張ったのは、ソーコだ。

「ねえ、ケニー。そもそもこの依頼、どこに向かうのよ。依頼書にも書いてなかったんだけど」

「執事さんの首の向きと種族から考えて……多分『長蛇迷宮』だろうな」

本来なら、馬車でもそれなりの距離にあるはずだが、ワイバーンという移動手段を考えると、小一時間も掛からないだろう。

「危険度Aランクダンジョンじゃない⁉」

もちろん、そんなことはケニーも知っている。

黒鉄級冒険者が立ち寄っていいような場所ではない……が、そもそもケニー達の目的は、ダンジョン探索ではない。

(——ご心配には及びません。皆様方に危害が及ぶことはないと、我が主の名にかけて、お約束いたします。それでは、出発いたしましょう)

そして、生活魔術師達は龍の背に乗って空を飛んだ。

「ふわぁ……すごいすごい！　王都がもう、あんなに小さくなっちゃったよ、ケニー君、ソーコちゃん！」

風に揺れる栗色の髪を押さえながら、リオンは眼下の景色を見下ろしはしゃいでいた。

飛んでいるのは相当な高さのはずなのに、寒さはほとんど感じず、風もわずか。

そして先刻のミサエルの言葉通り、『引き寄せ』の魔術も使われているようなので、足下もしっかりしたモノだ。

ソーコはわずかに狐面を傾け、直に風を感じているようだ。

「高い所が苦手な人っていうのは聞いたことあるけど、リオンってテンション上がるタイプだったのね……」

「だって、こんな経験、一生にあるかないかだよ⁉　そりゃテンションも上がるよ！」

ケニーも景色を眺めてみると、穏やかな波のように緑の丘が続き、ところどころに点在している村や町は街道で繋がっている。

いくつもの畑、長く続く川、大きな湖、生い茂る森。

ミサエル達の進む先には、雪の掛かった険しい山脈がそびえ立っている。

「一応、先に言っとくけど、執事さんの言ってた通り危害が及ぶことはないだろうが、気を確かに持ってろよ。気絶したら、仕事にならないんだから」

「ケニー、変に脅すのはやめてくれる？　まあ、私としては、もう何となく見当もついているんだけど」

「え、な、何？　わたしだけ、もしかして分かってない？」

リオンは焦った様子で、ソーコとケニーを交互に見た。

ソーコは、自分達の座っている飛龍《ワイバーン》の背中を指差した。

「いい？　私達を乗せている、人語を解する飛龍《ワイバーン》が執事をやってるのよ？　依頼主は間違いなくそれ以上の存在ってこと。下手したら、この国の王様より偉いかもしれないわよ」

「っ⁉　そ、そうなの⁉」

ケニーは欠伸をし、横になった。

「着けば分かるさ。俺は少し、寝る……」

◇◇◇

ミサエルはいくつかの山脈を越え、黒い噴煙の立ち上る火山に到着した。

その中腹にある巨大な洞窟は、ミサエルが飛んだまま潜れる広さがあった。鍾乳洞《しょうにゅうどう》とゴツゴツとした高低差の激しい岩地、加えていくつもの分岐があるそこは、人の身で潜ればただ進むことすら難しいだろう。

いくつもの曲がり角や縦穴を潜ると、やがて淡い赤に輝く広間へと出た。

光源は、あちこちから生えている赤い結晶のようだ。

ミサエルが翼を休めたのは、そそり立つ壁の前だった。

いや、壁ではないのか、ケニー達の前にはいっそ非常識とも思える幅の広い階段があるので、これはおそらく台地の類なのだろう。

チラホラと足下で輝いているのは、何と色とりどりの宝石類だ。まるで小石のように無造作に転がっているのだ。

ケニー達がミサエルから下りると、うっすらと埃が舞った。

そして、再び人の姿へと変化したミサエルの案内で階段を上ったその先には、熱気を纏った小さな山——赤い鱗《うろこ》を備えた赤龍が微睡《まどろ》んでいた。

ケニー達の気配に、大きく縦に割れた金瞳が開かれる。

フラァッ……とリオンが白目になって卒倒しそうだったので、ケニーがその背を支え、ソーコが尻をひっぱたいた。

「ふぅむ……ご苦労であった、ミサエル。控えておれ」

牙の生えた口から漏れたのは、人の言葉だった。それも、女性の声音だ。

「は」

ミサエルがケニー達から数歩後ろへ後退した。

「よう来てくれたな、人間共。驚いたであろう。我が名はボルカノ。この火溜山《かりゅうざん》の主である。貴様らの名を問おう」

「リーダーのソーコ・イナバよ」

尻尾を限界まで逆立てながらも、堂々とソーコは名乗った。

「よろしく、ケニー・ド・ラックです。三人とも生活魔術師をやっています……リオン？」

岩のように固まっていたリオンが、ペコペコと頭を下げた。

「よよよよ、よろしく、お願いします、リオン・スターフです！」

「グルル……そんなに固くなる必要はない。ミサエルは定期的に人里に下りては、世情や新たな文化を知り、我に娯楽を与えてくれている。貴様らのことも、先日聞いてな。呼んでみよと命じたのだ」

唸り声は笑いに当たるようだ。

「それは光栄です。仕事は依頼書にある通り、部屋の掃除と放置してある財貨の整理でいいんですね？」

ケニーは懐から依頼書を取り出し、ボルカノに開いてみせた。

さすがに相手が相手ということもあり、ケニーでも敬語を使う。

その様子に、クックックとボルカノは巨体を揺らした。

「うむ。それにしても良い胆力をしておる……普通なら、そのリオンなる小娘のように身も心も強ばるであろうに……」

だよね、そうだよね、とケニーの隣でリオンがしきりに頷いていた。

「これでも緊張はしてるんですよ。ただそのままだと、仕事にならないんで。あとソーコの場合は、見栄が本能を上回ってるってところか」

「あ、こらバラすんじゃないわよ！」

ソーコがケニーを蹴っ飛ばした。

「グルグル……よいのう」

「ぴぃ！」

ボルカノが和んだ様子で笑っていると、後ろから高い小さな鳴き声が響いてきた。

「ぬぅ……？」

「ぴぃ、ぴぃあ！」

ボルカノの巨体の脇から、ピンクっぽい色をした何かが姿をチラチラと見せていた。

「……大人しくしておれ。これから洞《ほら》の掃除をするのだ。邪魔をしてはならぬ」

ボルカノは軽く身動《みじろ》ぎし、隠そうとしていたが、やがてピンク色のそれが勢いよく飛び出してきた。

一つ、二つ……全部で四つ。丸っぽいそれは、つぶらな瞳をしたドラゴンの仔《こ》達だった。まるでぬいぐるみのようだが、ちゃんと角も鱗も生えていた。

「か、可愛い……」

今までの緊張は一体どこへいったのか、リオンが瞳を輝かせた。

「む、そうか？　皆、騒々しい上にヤンチャかお転婆《てんば》しかおらぬ。バーン、エンショウ、グレン、フラム、お客様だ。挨拶せよ」

「ぎゃう！」「ぐぅ」「がふ」「ぴぃ！」

ボルカノの仔達は、それぞれポーズを取りながら鳴き声を上げた。

「個性的な鳴き声だな」

ポーズの意味は、ケニーにも意味不明だった。

「一番下だけ女の子なんですね。フラムちゃん」

「ほう、分かるか」

「え、あ、はい……というか、普通に分かると思うんですけど」

ボルカノの問いに首を傾げ、リオンはソーコとケニーを見た。

「無理よ」

「できないって、普通」

「ええー……？」

生まれて初めて見るドラゴンの雌雄の区別ができるなど、やはりリオンも普通ではない。

「くくく、愉快な奴らよの。では、そろそろ、仕事に取り掛かってもらおうか。我のネグラ全体の掃除だが、何より我が宝物庫としておる洞は少々埃が堆積しておってな、金銀やその他無類の財宝がここに埋もれておる。よってこの埃を取っ払ってもらいたい。また、散らかっておる財貨財宝を種類ごとに区分せよ。他に質問があるならばミサエル、答えてやるがよい」

「承知いたしました。では……」

「ぴぅ！」

ミサエルが説明するより早く、フラムが動いた。

ミサエルの足下でこちらに振り返り、尻尾を振る。

「え、フラムちゃん、あ、案内してくれるの？」

「ぴ！」

いかがいたしましょうか……とミサエルが、ボルカノを見上げた。

「……やれやれ、仕方がない。すまぬが構ってやっておくれ。ヒトなどここではそう見ることができぬ故、珍しいのだろう。お前達は駄目だぞ。サボっていた勉強の時間だ。逃げることは許さぬ」

「ぎゃ！」「ぐぎゅ！」「ぐぁふ！」

フラムを除く三体の仔ドラゴンに、縄状をした金色の拘束術式が巻き付いた。子ども達はもがくが念動力の類だろう、そのまま身体を浮かされ、ボルカノの背後へと飛ばされてしまった。

「じゃあ早速だけど執事さん。そこらに落ちてる、鱗とかって使っちゃっていい？　懐に収めて売るとかじゃなくて魔術的な意味で、リオンなら有効に活用できると思うんで」

「そういうことでしたら、どうぞお使いください」

一枚の鱗はさながら、紅玉でできた巨大な盾か看板のようだ。

ただ、砕けたそれは大ぶりのカードサイズのモノもあり、持ち運べそうだった。

許可が出たというのに、当の本人であるリオンは物怖じしてしまっていた。

まあ、赤龍の鱗など、そうそう手に入るモノではないから気持ちは分からないでもないが。

「な、なんか、すごいモノ、手にしちゃってるんだけど……」

「気にするな。ただの落とし物だ」

「この落とし物、売れば何万カッドになるかしらね」

「ひぃっ！　プ、プレッシャー与えないでよ、ソーコちゃん！」

「いいから、さっさと使っちゃいなさい。失敗しても、まだまだあるみたいだし」

はい、とソーコは拾った鱗を、強引にリオンに押しつけた。

「それはそれで、すごく贅沢なんだけど……と、とにかく、出て！」

すると、大型犬ほどもある朱色のドラゴンが三体、出現した。

ボルカノの赤にはやや劣るが、それでも鮮やかな色の鱗をしている。

「ほう、これは見事な龍ですね。それも三体出現させるとは、大したものです」

リオンの周囲を翼を使って泳ぐように飛行し始めたドラゴンを見て、ミサエルは感心したような声を上げた。

「身体能力は、ゴブリンとかとは比べものにならないね。あと、火属性のブレスとかもできるっぽい……？」

それに身体もガッシリしているし、騎乗も可能かもしれない。

「我が主は火の権能を有する龍でございます。当然ですな」

パンッとソーコが小さな手を叩いた。

「よし、それじゃいつも通りに、始めるわよ」

◇◇◇

赤龍ボルカノの背後にあった大きな洞は、リオンの立っている位置から緩やかな下り坂になっていて、灰色の埃の海がまるで絨毯のように広がっていた。あちこちから生えている赤い結晶の反射で金貨や銀貨がキラキラと輝いている。また、宝箱や宝剣の類もあちこちから顔を覗かせていた。

リオンは、足下の埃をつま先でつついてみた。……特に抵抗もなく、埋もれてしまいそうだ。

「……あの、執事さん。この埃ってどれぐらいの深さまで溜まってるんですか？」

「それほどの深さはございませんが……そうですね、イナバ様ならば潜れるのではないでしょうか」

「充分深いわよ⁉」

叫びながらも早速ソーコは、周囲の埃を亜空間へと吸い込んでいた。

小さな山ほどもあるボルカノが出入りする洞なのだから、高さも広さも桁違いだ。

大きな都市一つぐらい、スッポリ入るのではないかと思えるような規模はある。

ドラゴンの財宝といえば、宝剣や宝箱が埋まった金銀財宝の山がリオンのイメージなのだが、遠くに見えるのは正しくそれだった。

こんな雑な扱いを受けたお金を見るのは、リオンは生まれて初めてだった。

そしてその山には七、八体だろうか、黒光りするドラゴンが飛び回ったり、直接群がったりしていた。埃の海に軽く身体を沈めては、埃を舞い上がらせ、再び空に戻ったりしている。

どのドラゴンも瞳だけが病的に大きく、角も手足も翼の付け根も異様に長細い。

まるで、悪魔のようだ。

「執事さん。あのドラゴン達は、どうすればいいんだ？」

ケニーが指差すと、ミサエルは目を細めた。

「主様は雑竜《トカゲ》と呼び、害獣の類と認識しておられます。倒していただいて構いません。難しいようでしたら、私が対処いたしますが……？」

「問題ないわよ。雇われてるのに、依頼者の手を煩わせる訳にはいかないわ」

こうして話している間も埃を手近な財貨ごと亜空間に収納しているせいか、ソーコの周りだけは岩肌が綺麗に見えていた。

ミサエルを伴い、三人は宝の山へと進んでいく。

リオンならば腰の上辺りまではあるだろうそれが、見る見るうちに消えていく様はある意味圧巻であった。

「これは頼もしい。ただ、私自身はあの程度の輩《やから》に後れを取ることはあり得ませんので、お気になさらないでください」

「そ。……ところであれ、倒した死体も、回収していいのよね？」

「私どもにとってはゴミ同然でございます。むしろ報酬を上乗せしても、よろしいぐらいですよ」

「……心臓に悪いレベルの上乗せになりそうだよねぇ」

ボルカノやミサエルからすれば、本当にゴミレベルなのだろう。

しかし腐ってもドラゴンであり、人間には充分な脅威だ。迂闊《うかつ》に近付けば、あっさり肉塊にされてしまうだろう。

その黒ドラゴン――雑竜《トカゲ》達がリオン達に気付き、空を飛んでいるモノは急角度の滑空をし、宝の山に這《は》っていたモノも堆積した埃を舞い上がらせながら凄《すさ》まじい勢いで迫ってきた。

「『凍れ』。うん、いいな。いつものダンジョンより、モンスターの動きが数段上だ」

まずは三体、ケニーの『七つ言葉《セブン・ワード》』をくらった雑竜《トカゲ》が身体に霜を降らせ、勢い余って地面にめり込んだ。

「そこを喜ぶのって、どうなのかな!?」

リオンも朱色のドラゴン、『朱龍《バーミィ》』を二体飛ばした。一体は自分達の護衛だ。必要かどうかはともかく、保険はあった方がいいだろう。

そして飛翔した『朱龍《バーミィ》』は、あっという間に旋回する雑竜《トカゲ》を数体、その爪で葬り去った。

「『朱龍《バーミィ》』もいい感じに動いているじゃない。頑張って」

ソーコはいつもと変わらず、『空間遮断《ギロチン》』で雑竜《トカゲ》を仕留めていた。

倒した雑竜《トカゲ》はそのまま、亜空間に収納してしまうので、彼女の周囲だけはまったく荒れていない。

それどころか、財宝も巻き込みながら収納しているので、宝の山はどんどん削れていく。

「が、頑張らなきゃ命の危険がありそうなんだけど！」

雑竜《トカゲ》は隠れていたモノも姿を現し始めていた。

それも、四方八方から襲ってくるので、リオンとしては心が安まらない。

一匹見かけたら三十匹いる、みたいなフレーズが頭に浮かぶ。

「心配するな。いざとなれば、ソーコが守ってくれる」

「そこは、俺が守るって台詞が出るべきなんじゃないかな⁉」

「俺が声を出すより、ソーコの『空間遮断《ギロチン》』の方が早い――『黒いの落ちろ』」

空から襲撃の機会をうかがっていた雑竜《トカゲ》達が、飛行能力を奪われボトボトと落下してきた。

土煙と金銀の輝きが舞い上がり、リオンは小さく咳《せ》き込んだ。

「ケホッ、ケニー君、冷静過ぎる！」

土煙に紛れ、まだ動ける雑竜《トカゲ》が、リオンを喰《く》らおうと大きく口を開けて飛び掛かってきた。

「ぴい！」

『朱龍《バーミィ》』がリオンの盾となって守り、さらに雑竜《トカゲ》の横っ腹にピンク色のぬいぐるみ――ではなく、ドラゴンのフラムが突進した。

「ちょ、ちょっとフラムちゃん危ないよ！」

「大丈夫ですよ。あの程度の相手に、フラム様が傷つくことなど、ありません」

自分に向かってきた雑竜《トカゲ》を華麗な回し蹴りで葬りながら、ミサエルが告げる。

フラムの突進を受け、雑竜《トカゲ》は岩壁まで弾き飛ばされた。


一通り、雑竜《トカゲ》を駆逐し終え、リオン達は一息ついた。

ケニーの前に、ソーコが黒い靄――『呪詛』を立ち上らせた道具類を出現させていく。

「よーし、それじゃ俺は呪われてる道具の類を解呪していく。ただ、その前に執事さんのチェックが必要だけど……」

例えば「不幸を呼ぶ宝石」や「人を斬りたくなる剣」などは、呪いの部分がなくなればただの宝石や剣になってしまい、価値が落ちてしまう。

そういうモノも、世の中には存在する。

ましてや所有者はドラゴンであり、少々の呪いなどモノともしない。

以前に仕事をした大クラン『深き森砦』とは、仕事の性質が違うのだ。

「お任せください。ただ、主様は一部、何故自分でも手に入れたか分からない道具なども所有しておりまして……」

ミサエルは遠い目をした。……主の収集癖には、苦労しているらしい。

「じゃあ、そうした道具の鑑定もしておこう。まあ、神代級アイテムとかだとちょっと微妙だろうけど、大体の道具は読み取れる」

ケニーの『七つ言葉《セブン・ワード》』は万能たる聖霊に繋がっていて、それはあらゆる道具の由来にも通じている。

ただ、力を使うのは人の身であるケニーなので、自《おの》ずと限界があるのだ。

それでも『これは何だ？』の問い一つで、大抵の道具は鑑定できるのだが。

「それは……大したモノですね」

「別にこれは俺がスゴいんじゃなくて、単にシステムがすごいだけだからなぁ。あんまり自慢にはならないんだ」

ケニーがそんな話をしている一方、リオンは奔放に動くピンクドラゴンのフラムの世話に手を焼いていた。

「ぴぅ！」

『朱龍《バーミィ》』に囲ませ、リオンが後ろから抱きつくことで、ようやくフラムは動きを止めた。

「あ、あのー、ミサエルさん。フラムちゃんが雑竜《トカゲ》食べようとしてるんですけど、止めた方がいいんでしょうかー？」

「特に問題はありません。ただ、晩ご飯はちゃんと食べるように伝えていただけますか」

「……おやつでお腹いっぱいになった子が夕飯時に叱られるのは、種族とか関係ないんだ。……せめて、血抜きぐらいはした方がいいんじゃないかなあ。あとは焼くか煮るか……うーん」

素材の調理法に悩むリオンだった。


ソーコの収納術によって、雑竜《トカゲ》の死骸も片付けられ、洞の中はほとんど空になっていた。

広々とした空間に、のそりと赤龍ボルカノが入ってきた。

「ふぅむ、ずいぶんとスッキリしたな」

ボルカノはグルリと、洞を見渡した。

「そりゃあ、依頼内容が清掃ですからね。散らかったままじゃ、金がもらえない。あ、整理した道具類はあっちに穴を作って収納しておきました。あっちがコイン類」

ケニーは壁に開けたいくつかの穴を指差した。

そこには宝箱や武器防具類、巻物《スクロール》や宝石……とそれぞれ分類されている。

金貨や銀貨といったコインに関しては、横穴よりも縦穴の方がよいだろうと、深く広い穴を作ってそこを満たした。

「ありがとうございます」

ミサエルが、頭を下げる。

「執事さんなら普通に入れるだろうけど、主さんはその巨体じゃ厳しいかも……」

ケニーがミサエル、巨体のボルカノを順に見た。

「心配には及ばぬ。ミサエルにも使える術を、我が使えぬとでも？」

一瞬大きな炎がボルカノを包み込んだ。

「わ……って、あれ、熱くない……？」

真っ先に飛び出したのは、ボルカノの仔、フラムだ。

炎が鎮まると、長い赤毛に赤いドレスを羽織った褐色肌の美女がいた。

「ふむ、この姿も久しぶりよの。おお、お主、我を潰す気か？」

「ぴぃ！」

雑竜《トカゲ》をも吹き飛ばすフラムの突進を、美女――ボルカノは容易く抱き留めた。

「ぴあぁ！」

ボルカノに抱えられたまま、フラムは鳴き声を上げた。

何やら訴えているフラムに、ボルカノは苦笑いを浮かべた。

「グルル……フラムにはまだ、この術は難しいだろう。もう少し、年を経たなら、我手ずから教えてやろう」

「ぴぃ！　ぴぃ！」

フラムが喜びに、短い手足をばたつかせた。

自分の娘を抱え直し、ボルカノはケニー達に向き直った。

「さて貴様らは仕事をこなした。ならば、褒美を出さねばならぬな。洞に納めた財の中から、好きなモノを一つ選ぶがよい」

「いや、報酬なら冒険者ギルド経由でもらうことになってるから遠慮しときます」

「むぅ……？　ずいぶんと欲がないな。それとも、なにか裏でもあるのか……？」

ケニーの真意を見据えるように、ボルカノの金色の瞳が光る。

本当に心を見抜くような能力があるのかもしれないが、特にケニーに裏はないので気にしなかった。

ケニーの考えを代弁したのは、ソーコだった。

「私達は、いつも通りに仕事をしただけよ。そしてその対価はしっかりもらう。でも、ここの宝物をもらっちゃうと、もらい過ぎになるのよ」

「……そうなると、もう少しは働かなきゃならなくなる。そういうのは、面倒なんですよ」

「わ、わたしは、普通に恐れ多いですからです」

やはりボルカノの前ではまだ緊張するのか、リオンの言葉遣いは少々怪しいことになっていた。

そうした生活魔術師達の言葉に納得したのか、ボルカノの瞳の光はやがて収まった。

「グルゥ……なるほど、貴様らの言い分にも理があるな」

「でも、せっかくの龍の好意です。そういうことなら二つほど、要求があるんですけど、いいでしょうか？」

「よいぞ、叶えられる望みならな」

「一つは『お前達』でも『あんた達』でもいいんですけど、『貴様ら』は勘弁してほしいってことです。ちょっと気になってて」

「ぐるるる……よい、お前達のその望みは叶えよう。ただし、ケニーといったか。お前の言葉遣いも本来のモノに戻すことが条件だ。……もう一つは何だ？」

「言葉遣いは了解した。もう一つはだな――」

◇◇◇

その日、いつものようにイエルナ・トッティモはノースフィア魔術学院を訪れた。

もはや通い慣れた廊下を進み、生活魔術科の教室の扉をノックする。

「こんにちは。今、少々お時間よろしいでしょうか」

部屋の中には、三人の生徒がいた。

狐面を被った狐獣人の幼女ソーコ・イナバ、気怠そうにソファに身を預けているケニー・ド・ラック、何やらピンク色のクッションのようなモノを抱きかかえているリオン・スターフ。

相変わらず、トッティモに対する反応は冷ややかだ。

「いつも通りに歓迎はしない……けど、こっちも話がある。正確には、話してほしい相手がいる」

珍しくケニーが切り出し、トッティモに向かって長方形の板を投げつけた。

「？　どういうことでしょうか……？　この板は一体……」

受け止めた板には、何やら複雑な模様が刻まれている。魔力を感じられることから察するに、何らかの魔道具のようだが……。

「その板は『遠話器』っていって本来二枚一組になってるんだ。片方に声を当てると、もう一方からその声が出るようになってる。互いの声が聞こえる、遠距離通信用の魔道具だよ。ただ、製作コストや消費魔力とか色々あるんで、公開はしてないんだけど、今回は特別だ」

「素晴らしい……！　ケニー君、君の才能はもっと世に広めるべきだと思う。私の伝手《つて》には、王城に仕える者もいます。よければ、紹介いたしますよ？」

トッティモは感動した。

もちろんそれはこの国には限らない。

この遠話器だけでなく、様々な魔道具をこのケニーという少年は生み出していると聞く。

ゴドー聖教の総本山がある、ルベラント聖王国にも伝えたい。いやいや、国なんて狭い単位で語るモノではない。世界中に知ってもらうべきだ。

そうして世界が彼を見る。才能を認める。

きっと彼は私に感謝するだろう。

反対？　する訳がない。しても、それは間違いだ。

だって、トッティモはとても正しいことをするのだから。

しかしケニーは冷淡なままだった。

「……いらないし、本題から逸れてる。板の向こうで相手が待ってる」

「ふむ……これは、板に耳を当てればよいのですね。……失礼、私、ゴドー聖教で司祭を務めております、イエルナ・トッティモと申しますが……」

ケニーの態度を残念に思いながらも、トッティモは板に耳を当てた。

響いてきたのは、威厳に満ちた若い女性の声だった。

『ふむ、貴様がトッティモか。そこにいる者達から話は聞いている。彼らは貴様が来るのを迷惑に思っているという。なので、手を引け』

実に単刀直入な台詞……いや、命令だった。

「これはまた、ずいぶんと乱暴な御方のようですね。お名前を伺ってもよろしいでしょうか」

『ボルカノという』

「ふむ……火の龍神様と同じとはまた、立派な名前をお持ちのようですね。しかし、どうにも誤解があるようですが……」

『誤解も何もない。我は手を引けと言った。貴様はそこの連中にはもう近付かない。それで終わりだ』

「ちょっと待ってください。いくら何でも乱暴過ぎませんか？　私と彼らとの間柄も知らない貴方に、そんな一方的な話をされてもこちらとしても少々納得しかねます。私は貴方の顔も知らないんですよ？　こういうことは、互いの目を見て、話し合うことではないのでしょうか？」

『我に、貴様の前に出向く手間を掛けよと申すか』

「これは失礼しました。お住まいの場所をお教えいただければ、お伺いいたしますが……」

『……よいだろう。我にそこまでの口を利く者の顔、見たくなった。今、確かめてやろう』

「……今？」

トッティモが言葉を繰り返したその時、空間が揺れた。

「こ、これは……!?」

　生活魔術科の教室が崩れる、否、造り替えられている。

　壁が、床が、天井が撤去され、代わりにその口が灯《ともしび》となっている様々なドラゴンの彫刻が施された柱が無数に突き立ち、高い高い天井には天空を舞う龍の浮き彫りが施され、足下から磨き上げられた石床がせり上がってきた。

　これは神殿、それもとてつもなく古い神殿だ。

　ケニー達の座るソファはそのまま滑るように脇にやられ、トッティモの正面には――畏怖すらおぼえる赤い巨龍が鎮座していた。

　金色の瞳が、トッティモを見据えた。

『では、話を続けようか、司祭』

　全身の毛から、一気に汗が噴き出るような錯覚。

　気が付けば、トッティモはその場に跪《ひざまず》いていた。顔を上げる？　冗談ではない。そんなことが、できるはずがない。

（ボルカノって……ま、まさか、本物の火の龍神の……!?）

『様を付けよ、司祭。心が筒抜けだ』

「し、し、失礼しました、火の龍神ボルカノ様……」

『どうした、面を上げよ。貴様が言ったのだぞ。話し合う時には互いの目を見てするものだ、とな。人間の流儀に我が合わせてやっているのだ。それとも、貴様は貴様が語る礼儀を知らぬのか』

「ひ、い……」

恐る恐る、トッティモは顔を持ち上げた。

恐ろしい金瞳を、嫌でも直視せざるを得ない。

『我の要求は変わらぬ。生活魔術科から手を引け。今後、貴様が近付くことは許さぬ。我とそこの者達との間柄を探ることも許さぬ』

反論を許さない、圧倒的強者からの一方的な命令。

もしそれを破ればどうなるかすら、語らない。

ボルカノは火を司《つかさど》る龍である。つまり、そういうことなのだろう。

『話は以上だ。……ああ、お主ら、また飯を作ってくれ。こちらにいる子達も喜ぶ』

不意にボルカノの圧は弱まり、視線もまたソファの方を向いていた。

「それはいいけど、どっちかといえば作り方をおぼえた方がいいんじゃないかしら」

「何なら調味料も持っていくけど」

「お母さんの味が一番喜ばれると思いますよ」

生活魔術師達の提案に、ボルカノは短く唸った。

『ふぅむ……考えておこう。では、また今度ミサエルを遣いに出す。待っているぞ』

その言葉が終わると同時に、神殿の天井、床が外れて元のモノが嵌まり、太古の神殿は一瞬にして生活魔術科の教室に戻った。

「という訳で、もう来ないでくれるかな。もう何度も言ってるけど、迷惑してるんだ。仕事が滞るし、学院を支援するかどうかは、俺達で決める。他人に言われてどうこうするつもりはない。ボルカノさんが言っていたことは、全部俺達の口からも伝えていたよな？」

ケニーの言葉に、トッティモはへたり込んだまま、ようやく我に返った。

「ボ、ボルカノ様と知り合いだったのですか……？」

「……それは、詮索するなって言ってた、ボルカノさんの話はまるっと無視して聞いてるのか？」

「い、いや！　そんなことはありませんが……でも、しかし、これは……」

ソファから立ち上がり、ケニーはトッティモの正面で腰を屈めた。

「だから、ここで俺達はアンタに問おうと思う。これでもまだ、この部屋で説教を続けるのか」

「あ、う……」

「アンタは本当に、本気でこの学院の他の科を案じて俺達に理を説いてきたのか。それともただ神の御名相手に逆らえなかった俺達相手に『正しさ』の愉悦を得たかっただけなのか」

前髪に隠れたケニーの目が、トッティモの目と合った。

「自分の言葉に信念があるのなら、たとえ相手が誰であろうと耳を貸さず、火に焼かれようがこの部屋に通うだろうが……どうするんだ？」

トッティモは立ち上がった。

「……もちろん、私は自分の言葉を信じています。たとえ相手に疎まれようと、この学院と生活魔術科の未来を考えれば、助け合うべきなのは間違いありません」

そう、間違いはない。

ないはずなのだ……が。

「ですが龍神ボルカノ様のお言葉は、重い……おそらく、私ごとき人の意を超える何かがあったのだろうと、思います……ですから、今後、皆様に近付かないことをお約束します」

「よし！」

ケニーがガッツポーズを作った。

ソーコは尻尾を思いっきり揺らしながら、リオンと手を叩き合った。

トッティモは己の『正義』が否定され、本当に何年かぶりに苛立《いらだ》ちをおぼえた。

だから、言わずにはいられなかった。

「ですが！　これは、決して神の威を怖《おそ》れてのことではありません。私は今でも、皆さんのことを案じているのです。お困りでしたら、いつでも……あの、そちらの、生き物は……ぬいぐるみでは……？」

勢いのあった台詞が、少しずつ尻すぼみになる。

リオンの抱いていたピンク色の何かが、身動ぎしたのだ。

手足は短く、口は大きい、つぶらな瞳をした……ドラゴンだ。

「あ、いえ、ちゃんと生き物です。ボルカノさんのお子さんでフラムちゃんっていうんです」

「何でさっき、声掛けなかったのかしら」

「フラムちゃん、うたた寝してたんだよ。それに、会おうと思えばさっきみたいにいつでも会えるし。ねー？」

ケニーの別れの挨拶は、とても素っ気ないモノだった。

「じゃあ、お疲れ様でした、司祭」

フラムは奇妙な鳴き声の欠伸をした。

「ぴうぅ……」

◇◇◇

オッシは混乱した。

「どうして彼らが龍神様と繋がりがあることを、教えてくれなかったのですか！」

突然、イエルナ・トッティモ司祭が戦闘魔術科の科長室に怒鳴り込んできたのだから、訳が分からない。

しかも話の内容が支離滅裂だ。

龍神だの、あり得ない振る舞いをしてしまっただの、神に見放されるだのと一方的にまくし立てていた。

「待て、一体何の話だ!?」

「何の話も何も、そのままの意味ですよ！　お陰で私は神に対して……何という恐ろしい振る舞いを……とにかく私はもう、この学院に通うことはありませんから！　そういうことで失礼しますね！」

言うだけ言って、イエルナ・トッティモは部屋を出ていった。

「……何だったんだ。まあ、生活魔術科を説得しきれなかったのは残念だが……といかんな、会議に遅刻してしまう」

急いで書類を用意し、オッシは席を立った。

この日の議題は双月祭に関する内容で、それぞれの科の出し物や参加する競技の発表が行われる。

何より、今年の勝者への賞品も発表されるのだ。

今年は、サウザンズ剣術学園に勝つ。

意気込みながら、オッシは部屋を出た。


そして会議が始まった……が、生活魔術科の科長カティ・カーだけは出席していなかった。

それに関しては、議長である召喚魔術科の科長が説明した。

資料として皆の手元にある通り、生活魔術科は去年と同じく『第四食堂』を出すことになっている……とのことだった。

「つまり、昨年と同じだから、というのがカー先生が出席していない理由だろうか？」

「ああいえ、違います。現在、その『第四食堂』で出す予定の料理を用意してもらっています。いわゆる試食会ですね。今正に、その調理の真っ最中でして、こちらの会議から外れてもらっている、という訳です。もちろん、会議の内容は記録してありますので、後で彼女に提出する予定です」

議長の説明に、オッシは顎髭を撫で、鷹揚《おうよう》に頷いた。

「ふむ、よいのではないかな。特に議題の中で、反対意見が出るようなモノもありませんでしたしな。ところで料理というのは、何が出るんでしょうかね？」

「さあ、それは私も聞いていません。ただ、『第四食堂』の再開は喜ばしいことですし、それに相応しい料理であればよいですなと思います」

「ハッハッハ、まったくですな。ところで議長、議題はほぼ出尽くしたのではないですかな？」

「ああ、そうなりますね。では最後に、今年の双月祭、勝利の賞品の紹介をしましょう。幻術科、呪歌演奏科のお二方、よろしくお願いします」

ふ……と会議室の照明が消え、ドラムが鳴り響いた。

いくつものスポットライトがテーブルを踊り始める。

動き回っていたスポットライトが机の中心に集い、巨大な龍の幻影を生み出した。

「それでは、発表いたします。今年の双月祭、勝利の賞品は――」

「――あのAランクダンジョン『長蛇迷宮』の深淵《しんえん》で、黄金級冒険者のパーティーが狩ってきた多頭龍《ヒュドラ》の遺骸、丸ごととなります‼」

感嘆の声があちこちから漏れ、全員が大きく拍手をした。

その中でも特に、ゴリアス・オッシの拍手の音は強い。

「これは素晴らしい。ドラゴンの素材は最弱の走龍《ランドラゴン》ですら貴重なのに、多頭龍《ヒュドラ》とは。牙、鱗、骨、瞳、肉、内臓……どれも素晴らしい装備や道具になる、正に勝者の賞品に相応しい逸品ですな」

「前年度の魔法の箱庭を上回る代物ですな。ただ、鮮度には注意が必要になりそうですが……」

「肉などは、早めに何とかした方がよいでしょう。薬に変えるのも悪くありませんが、食べるだけで生徒達の力は底上げされますぞ。もちろん、我々もです」

そんな話を、オッシは隣に座る錬金術科の科長と交える。

その間も、議長の説明は続いていた。

「高い魔力を秘めた龍の爪や牙は削り粉にすることで、高品質のポーションや強力な龍牙兵の触媒となり……」

その時、鈴の音がした。

「おっと、生活魔術科の料理ができたようですな。呼んできましょう」

議長が早足で部屋を出た。

幻術の効果が切れたのか、ほぼ同時に多頭龍《ヒュドラ》の幻影も消滅した。

すぐに、議長は戻ってきた。

その後ろには、『家』の記号が刻印された黄金色の留め具が印象的な草色のローブを羽織った教師が、ワゴンを押す生徒を率いている。

先頭にいるのは当然、科長であるカティ・カー。

続いて、何だかピンク色の生物を連れた狐面の幼女、ソーコ・イナバが続き、さらにケニー・ド・ラック、リオン・スターフ、さらに他の生活魔術科の生徒達も……。

ソーコ・イナバがワゴンを押していないのは、単純に背丈が足りないからだろう。

そもそも彼女の収納術があれば、給仕の必要すらないのだが、そこは演出というやつか。

生活魔術師達が、会議室にいる科長達の前に、料理を並べていく。

バゲットにスープ……メイン料理らしき皿は金属製のディッシュカバーに覆われているが、おそらくこの匂いはステーキか何かだろう。

……赤ワインが欲しいな、とオッシは思った。

「それでは、どうぞ。『第四食堂』の新作になります。価格は五カッドで提供予定です。今日はサンプルなので小さめですが、当日はもうちょっと大きめになる予定です」

ディッシュカバーが持ち上げられ、そこには付け合わせの野菜と共に、一口サイズと呼ぶにはやや大きいステーキがあった。

これが、五カッド？

試食する科長達は、顔を見合わせた。

どう見ても、そのレベルの料理ではない……もちろん、もっと高値をつけてもいいはず、という意味でだ。

しかし、生活魔術科がそう言うのならば、五カッドなのだろう。

オッシは肉を切り分け、口に運んだ。

「……!?」

舌の上で、肉が溶けた。

そう錯覚をおぼえるような食感だった。いや、歯応えはある。あるが、それでもこの肉感は素晴らし過ぎる。

……肉というのは、飲み物だったか？

そんな混乱が、オッシの頭をよぎるが、口が止められない。

濃厚なステーキソースに、肉と脂が充分に張り合っている。

一体何だ、この肉は。鳥、豚ではない。牛でもない。

しかし以前、どこかで……ずっと前だ、それもおそらく生涯一度しか食べたことがないような……。

「カ、カー先生。このお肉は、一体……？　いや、素晴らしい。文句なしの味ですが……何の肉、なんですか……？」

オッシのように味わう余裕もなかったのだろう、一足早く食べ終えた議長が、カティ・カーに尋ねた。

すると、カーは笑みを浮かべ、手を合わせた。

「あ、はい、ドラゴンのステーキです。ちょっとした伝手で、大量に入手しちゃいまして、生活魔術科のみんなで相談した結果、今回提供しようかと。それでは双月祭でも『第四食堂』をよろしくお願いしますね」

その言葉に、オッシをはじめとした魔術科長達は、揃ってナイフとフォークを取り落としたのだった。

第四話　生活魔術師達、後輩を育成する

「おい、オーエン。ローブ洗っとけ」

タライで洗い物をしていたディン・オーエンの頭に、バサリと汗臭い緋色のローブが投げつけられた。

「あ、オレのも。女子はいいのか?」

次々にローブが投げつけられ、視界が塞がれる中、そんな男子の声が耳に入ってくる。

「やーね、そういうの、男に頼む訳ないじゃん。……ああ、でも携行食糧とドリンクの粉末の補充はしといてね。そろそろ切れそうだから」

「それと『発光』の指輪の魔力充塡もな。俺達、明後日からダンジョン遠征だから」

好き勝手なことを言う同級生達。

ディンは投げつけられたローブを、そっと自分の脇に置いた。雑にするとまた、彼らはうるさいのだ。

「いよいよ第二階層……! ワクワクすんなー。レッサーデーモンとか、出ねーかなー」

「さすがにまだないでしょ。よくてベビーデーモンよ……って、あ、ごめんね。マネージャーの前

で、よく分からない話しちゃって」

「僕は別にマネージャーじゃ……」

「やってることはそのモノだろ。っていうか、戦闘より間違いなく向いてるんだから、俺としてはそっちに転職することを勧めるね」

「おい、よせよー。オーやん、怒ったら怖いだろー。暴発したらシャレんなんないっしょ」

「ああ、そうだったな。冗談だよ、冗談。でもスケジュール管理も雑用も、真面目にやってるのはみんな評価してるんだぜ？　だから、向いてるっていうのは割とマジだ」

この空気が、ディンは嫌だ。

この「冗談」を唱えれば、何でも許されるという空気が、ディンはとても嫌だ。

ここで怒れば、ディンの方が悪者になる。

腹の底にグツグツと煮えたぎるような怒りが渦巻くが、ディンは耐えた。

すると、女子の一人がパンパンと手を叩いた。

「はいはい、アンタらそこまで。いい加減帰らないと、キリがないわ……って、ああそうそうオーエン、オッシ先生が呼んでたわよ」

「え、僕を？」

「そ。まあアンタだけじゃないけど、六の鐘で科長室に集合。じゃ、確かに伝えたから……面倒くさいこと、させないでよね」

最後の呟きに、地味にイラッとさせられたが、ディンは我慢した。

「……何だろう」

いよいよ、戦闘魔術科をクビだろうか。

そんなことを考えながら、ディンは洗濯作業に戻るのだった。

◇◇◇

戦闘魔術科の科長室に集められたのは、ディンも含めた十数人の生徒達だった。

そのディン達に対し、科長であるゴリアス・オッシはこう告げた。

「——君達には、生活魔術科へ出向してもらいたい」

「ど、どういうことでしょうか?」

たまたま最初に口火を切ったのは、ディンだった。

しかし、おそらく皆、気持ちは同じだろう、顔を見合わせ戸惑っていた。

「いや、君達に不満がある訳ではない。落ち度もない。ただ、一時的にあちらで世話になってほしい、という話なのだ。慌てずとも、今からちゃんと説明しよう。全員、もうじき双月祭なのは知っているな?」

オッシの問いに、全員頷いた。

魔術学院の一大イベントだ。知らない方がどうかしている。

「戦闘魔術科は、学院で最も生徒数が多い。なので、少人数の他魔術科へ、何人か振り分けて出向してもらうこととなったのだ」

「それで、僕達が生活魔術科へ……ですか？」

「そうだ。もちろん、ただ出向するだけではない。他の科から魔術を盗み、己のモノとしてくるのだ。まあ、盗むという言い方は悪いな。その科の魔術の習得自体は、各魔術科からも了承を得ている。学んでこい、と言うべきだったな」

　顎髭を撫でながら言うオッシに、抗議が殺到した。

「でも、生活魔術なんて学んでても、強くはなれませんよ」

「そうです。ただでさえ、トップグループと差が開いているのに、こんなんじゃいつまで経《た》っても追いつけません」

「そんな、急に余所に出向なんて言われても……」

　他の生徒達が文句を言う中、ディンは何も言わなかった。

　オッシが薄い笑みを浮かべたまま、ディン達を見据えているのに、気付いたからだ。

　一通り聞き終えても、オッシの態度は変わらなかった。怒りもしなかった。

「どうも勘違いしているようだが、これはお願いではなく命令だ。決定事項だよ。君達の許可は必要ない。やるべきことは説明した。戦闘魔術科の指示が気に入らないなら、別にどこへ行ってくれても構わないぞ？　他の者に出向してもらうだけだ」

「……っ」

　ディンの左右にいる生徒が、動揺する。

そう、こう言うだろうとディンには分かっていたのだ。

嫌ならやめろ、だ。

それができるなら、戦闘魔術科にしがみついてなど、いない。

そしてオッシはそれを知っている……訳ではないのだろう。多分、どうでもいい。ディン達の都合など、興味がないのだ。ただ、在籍している生徒という以上の価値がない。

「行ってきてくれるな？」

「……分かり、ました」

ディンは無気力に、他の生徒達も渋々、オッシの命令を受け入れた。

◇◇◇

——話は数時間前に遡る。

魔術学院学院長室では、ある話し合いが行われようとしていた。

「さて、それでは始めるとしようかの」

執務机に着き、紫色のローブを羽織った長い眉毛に長い口髭、長い髪も全て白髪の老人が口を開いた。

この部屋の主である、シド・ロウシャである。

彼を挟むようにしてソファに座っているのは、一人は戦闘魔術科のゴリアス・オッシ。

「それはよいのですが、ロウシャ学院長。これは我が戦闘魔術科と生活魔術科の話し合いの場のはず。何故、生徒が参加しているのでしょうかね？」

「ウチの先生が口下手なためですよ。オッシ先生の強引な論理で、無茶な要求を押し切られちゃかなわないんで」

「ちょ、ちょっとラック君。そんないきなり喧嘩腰になっちゃ駄目ですよ！」

そしてもう一方は、生活魔術科のケニー・ド・ラックと科長であるカティ・カーだった。

「そうは言ってもカー先生、こっちとしては予算会議の件といい、その後の課外活動での予算集めの妨害といい、いまいち信用できないんですよ」

ふん、とケニーは鼻を鳴らした。

ゴリアス・オッシは顎髭を撫でながら、笑った。

「ほう、予算会議のことはともかく、課外活動の件、というのは何のことかな」

「何のことでしょうねぇ」

ケニーも、口元は笑っていた。……ただし、二人とも目は完全に据わっていた。

「ふぉっふぉっふぉ、いきなり殺伐としておるのう。ワシも戻ってきて、二つの魔術科の間で確執が起こっておること、またその発端となった予算会議の一件も報告は受けておる」

学院長シド・ロウシャは三月ほどの間、この国を離れていた。

そして、その間に件《くだん》の予算会議を発端とした、生活魔術科と戦闘魔術科の問題が発生したのだった。

さて、とロウシャは指を組んだ。

「一度決まった予算を、再び組み直すというのは正直、難しい。じゃが、互いの言い分を直にやり合うことで、わだかまりも多少は解けてくれることをワシは期待しておる。どうか、ワシの顔を立ててはくれんかのう」

「学院長は出張だったんですし、別に俺としては異論はありませんよ」

立てるも何も、戦闘魔術科が突っかからなければ心底どうでもいい、とケニーは小さく呟き、聞こえていたカーに窘《たしな》められていた。

「では私の側の言い分から。件の予算会議の一件ですが、私達戦闘魔術科は何としても多くの予算が欲しかったのです」

数週間先に行われる、双月祭。

この北にある魔術学院と、南にある剣術学園の対抗戦という一面を持った大きなイベントで、昨年は勝利を逃してしまった。

今年は何としてでも勝ちたい。

だから少しでも予算を得るため、サウザンズ剣術学園との直接対決である『月華』に参加しない、生活魔術科から予算を削らせてもらったのだ。

「ただ、そのためにやや強引な手段を取ってしまったこと、またその際に少々頭に血が上ってしまい、生活魔術科を軽んじる発言をしてしまったことは、申し訳ないと思っている。すまなかった」

神妙な顔を作り、オッシは頭を下げた。

「ふむ、カー先生、どうかね」

「……ええと、その……」

オッシの態度、それにロウシャ学院長に促され、カーは戸惑う様子を見せた。

そこに、ケニーが口を挟んだ。

「『やや強引』に『少々頭に血が上った』ですか。カー先生、ほだされちゃ駄目ですよ。一見、殊勝な謝罪に見えるけど、あんなことしておいて頭一つ下げるだけで済むなら安いモンなんですから」

微《かす》かに、オッシの頭が揺らいだ。……ほとんど聞こえないレベルの舌打ちである。

「ぶり返すようで悪いですが、この件で得をしたのは、戦闘魔術科をはじめとした他の科です。だってウチから予算持っていったんですからね。で、生活魔術科には何の補償もない。こちらとしては、ちゃんと見える形で誠意ってやつを見せてもらわないと困るんですよ。できますよね？　大人なんですから」

ケニーの言葉もまた、正論であった。

イエルナ・トッティモという司祭が絡んだ一件の時にも似たようなやり取りをしたが、結局物別れに終わってしまった過去がある。

今回は、どうだろうか。

「……そういうことなら一応、考えがある」

頭を上げたオッシは、真面目な顔でそう答えた。

「聞きましょう」

「発端は双月祭にあるといってもいい。予算は割れない。なら、準備を含めた双月祭の間、戦闘魔術科から生活魔術科へ、出向という形で生徒を派遣するというのは、どうだろうか」

意外な提案に、思わずケニーは目を見開いた。もっとも長い前髪に隠れているせいで、周りはまったく気付いていなかったが。

「自分の科の生徒を、余所にやるってことですか？」

「一時的な貸し出しだ。他の魔術科にも割り振る予定だが、生活魔術科にはより多く、ウチの生徒を出向させようと思っている。これは、予算会議での一件の詫びの意味もある。こちらから出向させる戦闘魔術師の魔術を、生活魔術科で習得するのは全然構わない。むしろ生活魔術の発展に役立ててもらいたい。……これで、どうだろうか？」

なるほど、とケニーは感心した。

予算は出せない。

心情云々《うんぬん》ではなく、学院の規則的な意味合いでそこはもうどうしようもない。

だからこその、自分のところの魔術師を派遣するという代案。

悪くはない……が、引っ掛かる点もあった。

「ある程度筋は通っているように思える。でも、こちらから見れば持参金ぐらい、欲しいところですね。何故、そこはこちらの負担になるんですか？　こちらの初期予算は五カッド《ワンコイン》なんですよ？」

薄い笑みを浮かべ、オッシは肩を揺らした。

「勘違いしてもらっては困るな。こちらの詫びというのは『戦闘魔術科から魔術の心得がある者を多く斡旋《あっせん》する』ということであり、彼らをどう活かすかはそちら次第だ。一時的とはいえ、生活魔術科に属するからには、そちらの科の予算を使うのがスジというモノだろう？　彼らに金を使わないというのなら、それはそれで結構。ただ働きの雑用として、利用してくれればいい」

「じゃあ、こちらに来るっていうその戦闘魔術師達がある程度、こちらで生活魔術を習得したとして、その後どうするんですかね」

「説明する必要もないと思うが、こちらに返してもらう。転科ではなく、双月祭の間だけの出向なのだから、これは当然だろう？」

　ケニーとオッシのやり取りに、カーはオロオロとするだけだった。何だか分からないうちにどんどん話が進むのだから、当然だろう。

　ロウシャ学院長は、笑顔のまま火花を散らす二人に、軽く笑っていた。

「ふぉっふぉっふぉ、若い者達の話し合いは威勢があってよいのう。じゃがのう、オッシ先生。予算会議の一件、これは戦闘魔術科全体というよりもオッシ先生の落ち度といってもよい。少なくとも、生徒達には何ら非がないのは自明の理。出向させる生徒の選別は、オッシ先生がすればよろしい。しかし双月祭の後、戦闘魔術科に戻るかどうかは生徒達の意志に委ねるべきではないのかのう？　何しろ、ある意味、オッシ先生の都合で余所の科に行くのじゃからの」

「む、う……」

「ラック君は、どうかの？」

「……そういうことなら、まあ、ここら辺が落としどころじゃないでしょうかね、カー先生」

「わ、私は、それでいいと思います」

「うむ、感情面でまだわだかまりはあるかもしれんが、ひとまずこれで一区切り、としておいてくれ。では、握手じゃ」

ロウシャの指示で、ケニーとオッシは握手をした。本来は生活魔術科からはカーがするべきなのだろうが、誰も異論を挟まなかった。

「うぇ……」

「ぬう……」

ケニーもオッシも渋い顔であった。

この時ばかりは二人とも、共通の思いだったようだ。


学院長室を出て、オッシは一人、廊下を歩いていた。

「とっさの思いつきだったが、割と悪くなかったかもしれん」

自分の科の生徒の派遣。

何しろ戦闘魔術科は生徒が多く、オッシも全員の名前を把握していないぐらいなのだ。

双月祭の競技にしたところで参加できる人数は限られている。ならば遊ばせておくのももったいないし、生活魔術科はともかく他の魔術科には貸しにもなるだろう。

「問題はウチからどの生徒を出すかだが……」

科長室に向かいながら、オッシは戦闘魔術科から出向させても問題ない生徒の選別を、頭の中で開始した。

◇◇◇

――翌日、生活魔術科室には、こちらに派遣される予定の、戦闘魔術師のリストが送られてきた。

「これって、戦闘魔術科は謝罪の体裁を取ってるけど、実質は人員整理よ」

カーとケニーから学院長室であったやり取りを聞き、さらにそのリストをザッと眺めたソーコは、一言で切って捨てた。

何しろ『第四食堂』で経理を担当する彼女だ。

戦闘魔術科の懐具合の把握はさすがに無理だとしても、想像するぐらいのことはできた。

「戦闘魔術科は元々予算が多いし、ウチから取っていった分もあるわ。とはいっても、生徒数も多い。一人一人に割り振ると、それほど余裕はないのよ。例えばローブ一着、杖一本とっても何百人分ともなると、ね……」

さらに、他の魔術科にも友人が多いリオンが続く。

「えーと、そのローブと杖だけど、全員が同一のじゃないんだよね。いくつかのランクがあるの。本当はもうちょっと細かく分けられているんだけど、大雑把に言えばいいやつ、普通の、そして安物だね」

ケニーがソファに寝そべり、前髪のくせ毛を掻いた。

「ああ、それ賭けてもいい。ウチに来る連中は全員、安物の杖持ちだろうな」

「……待って、これ全員ケニーと同じ意見だろうから、賭けにならないわよ」

ソーコはうんざりとした口調で言い、その尻尾も垂れ下がった。

「あはは……でも、ウチの魔術って基本的に習得は簡単だから、そんなスペック高くなくてもいいよね」

「そりゃそうだが、やり方がせこ過ぎるだろ。つまり、双月祭の競技イベントに参加する生徒だけを残して、いわゆる『使えない』生徒は余所に世話させておく。で、精鋭に金を使うって寸法だ」

ケニーは完全に、オッシの思惑を読み切っているようだった。

「合理的といえばそうだけど、やられる方は堪《たま》ったもんじゃないわね」

ソーコも最初から同意見だ。

「ここに来る連中って多分、戦闘魔術科でも雑用ばかりやらされてる奴らだろ。生活魔術科で何らかの魔術を習得すれば、戻った時もさらにそういう方向で役に立つ。しなくても、以前と変わらない。戦闘魔術科にとってのデメリットを強いてあげるとすれば、双月祭の期間中、雑用をいわゆる精鋭達が自分達でしなきゃならないぐらいか」

「……自分の世話を自分でする、なんて当たり前じゃない。そんなの、デメリットでも何でもないわ」

「向こうがそう思うかどうかはまた、別問題だけどな」

確かに、戦闘魔術科の精鋭達《エリート》は、ゴリアス・オッシの性格がよく反映されていて、人を見下しがちだ。

加えて貴族も多く、自分達で掃除や洗濯をするなど、耐えられないなどという生徒もいるかもしれない。

「そもそも何でこんなの受けたのよ。今話してた程度のこと、ケニーは分かってたでしょ」

「理由は単純、あの話し合いの場には学院長がいた。……要するに、これ以上話がこじれるのが、面倒くさかったんだよ。あと、一応オッシの主張にも少しだけ理《り》があった」

「理？」

「人の手は多い方がいいってところさ。そこは、間違っちゃいない」

「まあ、募集かける必要もなく集まってくれそうだもんねぇ」

「でも、役に立たないなら、集めるだけ無駄でしょ。少なくともこの学院での一般的な認識としては、戦闘魔術科から生活魔術科に流れてくるのは、一種の左遷よ」

「本当に、残念なことに、そうなんですよねえ……」

カーは、どんよりとした雰囲気を漂わせながら、ため息をついた。

「ああああ、ソーコちゃん、もうちょっと、柔らかく言おうよ」

「でも、事実よ。この、こっちに来る魔術師のリスト。いつも雑用ばかりさせられてる連中じゃないの⁉　自分の科の足手まといをこっちに押しつけてくるとか、ホントあの顎髭、こっちを舐めてるわね」

いよいよソーコは、オッシの名前を呼ぶことすら嫌がり始めていた。生理的嫌悪のレベルである。

「でも、こっちに寄越す理由としては成立する。マネージャーみたいなことばかりさせられてるから、こっち向き、とも言えるだろ」

「うん、そういう意味だと悪くないかも」

ケニーとリオンは楽天的だ。

「ちょっと二人とも、悔しがってる私がまるで馬鹿みたいじゃない！」

ソーコは尻尾を逆立てた。

「まー、まだ戦闘魔術科……というか、オッシ先生から下に見られているって部分も同意できるけどな。どうしたい？」

「ぎゃふんと言わせたい。でも、アイデアは思いつかないわ」

という訳でケニーよろしく、とソーコは指名した。

「へいへい、考えるのは俺の仕事ね……一応、手ならあるぞ」

「何するつもりよ」

「生活魔術科の先輩として、普通に魔術を指導するだけ。先生もよろしくお願いします」

ペコリ、とケニーはソファに寝そべりながら、適当な感じに頭を下げた。

「……え？　本当に、普通に教えるだけですか？」

とても意外そうに、カーは首を傾げた。

「信用ないなあ」

「そりゃ、そうだよ……ケニー君だもの」

今までが今までだものね……と、ソーコも思うのだった。

◇◇◇

生活魔術科に戦闘魔術科から生徒達がやってきた。

緋色のローブを羽織った彼らは、椅子やテーブルを端に詰めた広いダイニングルームに直立不動、横一列に並んでいた。

「この生活魔術科へ派遣されてきました、戦闘魔術科二年生のディン・オーエンです。得意なのは水系統の魔術になります。よろしくお願いします」

「ウーワン・イ。同じく二回生。東方サフィーンからの留学生。得意なのは身体強化」

「ジオ・イスナン……得意、なの、符術、です……。他、苦手。よろしく……お願い、します……」

「私はサラサ・トゥーリア。見ての通り、蛇獣人だ。毒の魔術が使える。……魔術の性質的に、生活魔術には向いていないと思うのだが、選ばれたからには力を尽くす所存だ」

それぞれが順番に自己紹介を終えた。

生活魔術科も、科長であるカティ・カーを筆頭に、ソーコ・イナバ、ケニー・ド・ラック、リオン・スターフ……十八人の生徒全員が集まっていた。

戦闘魔術科なら大教室を使わなければ一つ所に集うことなど無理だろうが、生活魔術科は小規模だ。

この部屋に全員、新たに参加する戦闘魔術科の生徒達が入っても充分収まりきるのだ。

生活魔術科側からは、科長であるカティ・カーが前に出た。いつものように草色のローブの胸元では、『家』が刻まれた黄金色の留め具が輝いている。

「生活魔術科の科長、カティ・カーです。こちらこそ、よろしくお願いしますね。ああ、そんなに気を張らなくていいですよ。もっと余裕を持ってください」

カーのゆっくりとした名乗りに、戦闘魔術師達の緊張がわずかに解けてくれたようだ。

「皆さんには、双月祭で生活魔術科が開く『第四食堂』の準備と本番のお手伝いをしてもらうことになります。もちろん単純な手作業で、小道具や大道具の作製、調理の手伝いも可能ですが、ここは生活魔術科です。仕事を色々と楽にする魔術があります。せっかくですので、一つでも多くの魔術を学んでいってください。今回だけでなく、今後も、きっとこの魔術は役に立つと思いますよ」

そして生活魔術科側の自己紹介が終わると、パンとカーが手を鳴らした。

端に詰められていたテーブルや椅子が滑るように動き、ダイニングルームの本来あるべき位置に戻っていく。

それぞれの位置を設定することで、物質をその場に戻す生活魔術の一つ『配置』である。

「ええと、何か質問とかありますか？」

すると、生活魔術科から一斉に手が上がった。

「はい、女子のみんなのスリーサイズを」「いきなりセクハラとかやめてくださいね。品性を問われます」「商店街ではいつも人材を求めてまーす」「あ、汚れ物とかはボク担当で。洗濯物も食器も綺麗にしますよー？」「番募《つがい》集中」「彼女募集中」「皆さん静かにしましょう」「女子のみんなのスリーサイズを」「誰かこいつの口を塞いでくれ！」

派遣組が引くレベルで、賑やかだった。

カーは笑顔で全てを無視することにした。全部相手にしていたら、終わらないからだ。

「では、イナバさん達は、それぞれの仕事に戻ってください。戦闘魔術師……うーん、オーエン君達は、席に着いてください」

「分かったわ。アンタ達も質問はまた今度にして、行くわよ」

「じゃ、先生よろしく」

「行ってきますね」

ソーコ達がゾロゾロと教室を出ていく。

ディン達はそれをやや戸惑いながら見送り、カーの指示通り、空いている椅子に座った。

「双月祭の準備で、みんなあちこちに散らばっているんです。本当はもうちょっと交流を深めたかったんですけど、それはまた後になります。さて――」

カーは、座っているディン達に微笑んだ。

「まずは、生活魔術の基本中の基本、『発火』を実践してみましょうか」

「いきなり⁉」

ディンと幾人かの生徒が突っ込んだ……が、カーは動じない。

「はい。魔力の循環や放出といった基礎は、皆さん魔術学院の生徒なので、習得していますよね？　なので、あとはもう実践なんです」

「実践……」

まさか、教室に来て三十分もしないうちに実践に入るとは思わなかったのだろう。

どこか途方に暮れたような声が、ディン達の口から漏れていた。


カーは、生徒達の『発火』の出来を見て回ることにしたようだ。

その中で、ディン・オーエンは手を挙げた。

「どうしました？」

「あの、最初に謝っときます。……すみません」

ディンは、近付いてきたカーに頭を下げた。

「というと？」

「見てもらえば、分かります。――『発火』」

ドンッ、と『発火』の魔術とは思えないような爆音を響かせ、ディンの指先からは天井近くまで火柱が上がっていた。

「あら……『鎮火』。オーエン君は、魔力放出の調整が苦手なんですね」

カーが指を鳴らすと、ディンの指先から放出されていた火は消滅した。

そう、これがディンが戦闘魔術科で『落ちこぼれ』のレッテルを貼られている理由だ。

生活魔術程度なら少々、無茶な魔力を放出しても高が知れているが、戦闘用の魔術でこれは致命的だ。

すぐに、魔力切れを起こして倒れてしまうからである。

大威力の魔術を放てるが、ほんの数発しか使えない、欠陥魔術師なのだ。

けれど、カーは少し考え込んでいる様子で、ディンを叱るつもりもないようだ。

「怒らないんですか?」

「そうですね。そうした苦手の克服を手助けするのが、教師の役割ですから。ただ、できれば謝るのではなく、事前に説明してもらいたかったですね」

「そうしたかったんですけど……恥ずかしくて」

ディンは正直に、理由を話した。

もしかしたら、生活魔術科の魔術師達からも笑われるかもしれない。

そう考えたら言い出せなかったのだ。

ある意味、彼らが先に教室を出ていってくれて、ホッとした部分もあった。

「うーん、男の子ですからね。そうそう、オーエン君に向いていそうな生活魔術が、一つありますよ? それを、習得してみましょうか」

「……え?」

ウーワン・イは、つり目がちの大きな瞳で、黒髪を両サイドのシニョンでまとめた、全体的にヤンチャな仔猫のような少女である。

「センセー、駄目だヨ！　ワタシ、全然火がつかないノ！」

彼女の場合はディンとは違い、普通に不発である。

「イさんでしたっけ？　サフィーンの出身でしたよね」

「そウ。ワタシ、身体強化するの得意。でも、火とか水とか駄目。適正ないノ」

ウーワンが得意とするのは、身体強化系の魔術。

またサフィーンの拳法も習得しており、近接戦闘ならばサウザンズ剣術学園の生徒達にも引けを取らないレベルに到っている。

……ただ、地水火風といった精霊系の魔術はまったく使えない。

戦闘魔術科の初級攻撃魔術はこの四属性であり、つまりウーワンは戦闘魔術科においては初級の魔術すら使えない落ちこぼれ、という扱いなのだった。

「母国でも、試してみましたか？」

「ン？　いや、試してないヨ。国では武術の修練ばかりしてたカラ」

ウーワンは身体を動かすのが好きだ。一方で頭を使うのは苦手で、多分魔術師には向いていないんだろうナ……とも考えていた。

それでも魔術学院に留学した理由は、父親の指示だからだ。

母国の、ウーワンが属する組織では、彼女以上の武術の使い手など山のようにいる。

まったく異なる戦闘体系を習得し持ち帰るため、ウーワンは今、この学院にいるのだ。

……とはいえ、成果としては惨憺《さんたん》たるモノなのだが。

「となると、基本的なところでズレがあるんですね。この学院では精霊魔術は地水火風の四属性を教えています。けれど、東方の魔術は五つの属性が存在します」

「木火土金水ネ！　知ってるヨ！」

「はい、そうです」

ウーワンも、母国の占術師から聞いたことがあり、名前だけは知っていた。

まあ、その当時は自分が魔術師として異国に留学するとは思ってもいなかったので、本当に記憶の片隅にあっただけなのだが。

「イさんは身体強化の魔術が得意とおっしゃいましたね？　なら好都合です。魔力の体内循環は文句なしのレベルのようですし、生活魔術レベルでしたら、五属性の魔術を楽に習得できると思いますよ？」

「本当カ⁉」

「はい、皆さんお疲れ様でした。『発火』の魔術は以上です。何か質問はありますか？　別に生活魔術以外のことでも構いませんよ？」

「……あの、いいですか？」

カティ・カーの問いに、ジオ・イスナンは勇気を振り絞って手を挙げた。

自分に自信がないのかずいぶんと猫背になっているが、切れ長の瞳と額に輝く宝石、流れるような黒髪を左肩から垂らし、異国風情のある褐色肌、抜群のスタイルはどうしても人目を引く容姿だ。

「はい、ええと、ジオ・イスナンさんでしたね。何でしょう」

「……あの、生活魔術以外でも、なら……私、自分の魔術を相談したいんですけど……」

「ああ、はい、いいですよ。どんな魔術ですか？」

ジオは、懐からカードを一枚、取り出した。

「私の魔術……このカードに文字とか絵を描いて……力を放ちます」

「符《ふだ》ですか。ストックがあれば、魔力が切れていても使える、便利な魔術ですね。それに、造りもとても細かくて……一種の芸術品のようですね」

「は、はい……でも、全部手作りで……一枚作るのに時間が掛かっちゃって……」

符術は作製時に魔力を込めるため、実戦の際に魔力を節約できるのだ。

また、発動は自分以外も可能な上、複数箇所に設置したり、時間を置いて発動させたりと、罠のように使うこともできる。

ただ、デメリットとして、その精巧さ故に一枚一枚の作製に時間が掛かってしまうのだ。

ジオ自身はこの魔術を気に入っているのだが、そのせいで戦闘魔術科では後れを取ってしまっていた。

「そういうことでしたら、使えそうな生活魔術がありますよ。ええと……これです」

カティ・カーは懐から魔導書を取り出すと、ページを一枚切り離した。

「これは……」

戦闘魔術科から派遣されてきた生徒達を一通り見回り、カティ・カーは手を叩いた。

「はい、それでは、本日の授業は終了します。皆さん、お疲れ様でした。明日も、よろしくお願いしますね。ああ、それと……」

カーが指を鳴らすと、生徒達の緋色のローブが草色に変化した。

「皆さんはしばらく、この生活魔術科に籍を置きますから、ローブの色を変えさせてもらいます。ちゃんと、双月祭が終わったら元に戻しますから、安心してください」

「「「はい！」」」

この教室に入った時には精気が欠けていた生徒達は、元気に返事をした。

◇◇◇

そして翌日からも、カーの授業は行われた。

双月祭の準備はもちろん大切だが、その前に彼らを生活魔術師として戦力にする必要があるのだという。

なので、準備は本来在籍している生活魔術師達が行い、ディン達はまだ見習いとして、生活魔術を習得している最中だった。

「オーエン君、調子はどうですか」

「あ、はい、最初の二、三回は加減ができずに倒れましたけど、もう大分慣れました」

様子を見に来たカーに、ディンは指先の小さな灯火《ともしび》を見せた。

最初の火柱はどこへやら、魔力の制御が致命的に下手、という欠点を持っていたディンは、たった一日で完全に『発火』を制御できていた。

それには、カーから教わった生活魔術が助けになっていたのだ。

「この『発火』もそうですけど、先生から教わった『測定』の魔術、本当に魔力はちょっとだけでいいんですね」

「はい。生活魔術は大体、消費魔力は少ないモノが多いんですけど、この『測定』の魔術はその中でもとても少ないんです。そのうち、呼吸と同じレベルで使えるようになりますよ」

生活魔術『測定』は、見たモノからの距離や持ったモノの重さが瞬時に頭に浮かぶ魔術だ。

それは、動くモノの速さや時間なども、大抵のモノは測定できる。

カーが最初にディンに教えたのは、この『測定』魔術で、ディンの体内に宿る魔力と様々な魔術使用時の魔力を測る、ということだった。

自分の中で物差しができたディンは、教わった魔術に必要な魔力の量を完全に把握し、抽出できるようになったのだ。

「『発火』以外の、簡単な生活魔術から順番に習得していきましょう。あ、もちろん戦闘魔術科で教わった攻撃魔術も、練習していいですよ？」

「いえ、今は生活魔術を習います。どれも、おぼえる分には簡単ですし」

「そうですか。では何から学んでもらいましょうか……『送風』か『抽水』か……うーん」

生活魔術はどれも詠唱が短く、戦闘用の魔術よりも習得はかなり楽だ。

つまり、魔術の数を増やすことは難しくない。

使える魔術が増える、というのが今のディンの何よりの楽しみになっていた。


生活魔術科には、業務用の冷蔵庫が存在する。

いつも『収納術』が使えるソーコがいる訳ではないし、『第四食堂』や料理系の生活魔術に使う食材はここに収められている。

ひんやりとした空気の中、スラリとした体躯《たいく》で、白髪のショートカットと縦に割れた瞳孔が印象的な少女が、持ち込んだ椅子に座って魔導書をめくっていた。

蛇獣人であるサラサ・トゥーリアである。

冷蔵庫内はオレンジ色の灯りが点いていて、読書をする分には困らない。

大きな扉が開いたかと思うと、心配そうにカーが様子を見に来た。

「トゥーリアさん……起きていますか?」

「うん、起きている。まだ平気」

「あまり無理はしないでくださいね。大体三分の二ぐらい魔力を使ったなと思ったら、ここから出た方がいいです」

「承知した。でも本当に平気。この寒さの中で動ける私、すごい」

サラサがカーから教わったのは、『空調』の生活魔術だ。

暑い夏場、または寒い冬場には重宝される、気温を操作する魔術である。

蛇獣人であるサラサは、寒さに弱い。

つまり戦闘魔術科の中でも、氷系の魔術を使う相手との相性は最悪といってもよかった。

弱点が明らかな分、戦闘魔術科では不利を強いられていた。

けれど、この『空調』の生活魔術があれば、寒さという弱点は克服できるのだ。

「国に帰ったら、みんなにこの魔術を伝える」

「そうですね、蛇獣人は寒さに弱いですから……でも、生物学的には冬眠はした方がよいのではないですか？」

「基本的にはそうかもしれない。だけど、備えあれば憂いなし」

「それもそうですね。あ、でもトゥーリアさんも知っての通り、この魔術は……」

「うん、少し難易度が高い。素質も多分、必要。でも、便利」

生活魔術科には、この『空調』の魔導書が常備されているが、本来は高価な魔導書だ。

少なくとも畑違いである戦闘魔術科には、置いていない。

そういう意味では、サラサは自分は運がいい、と思うようになっていた。

「私もまさか、こんなに早く、習得できるとは思いませんでした。それで今、学んでいる生活魔術は……ああ、それですか」

カーは、サラサが開いている魔導書を見て、頷いた。

「うん。双月祭で、使えると便利だと思うから」

「そうですね。よろしくお願いします」

◇◇◇

数日後、時計台の一の鐘が響く早朝の時間。

人気もまばらな王都大通りを、ディンは歩いていた。

この日からディン達は双月祭の準備に、本格的に参加することになったのだ。

前を見ると、よく三人で一緒にいる戦闘魔術科の女子の背中があった。

元気いっぱいに身振り手振りを使って話すツインシニョン、褐色肌で人目を引く長身の美少女、首筋や腕に鱗の見えるクールな白髪娘の三人だ。

「おはよう、みんな」

ディンは追いついて、声を掛けた。

「ん、おはよウ、ディン」

「おはよう……ございます」

「ディン、機嫌がいい」

サフィーンからの留学生であるウーワン・イ、符術師のジオ・イスナン、蛇獣人のサラサ・トゥーリアだ。

「そりゃまあ調子がいいからね。……ストレスは溜まらないし、嫌なことも言われないし」

「分かる。馬鹿にされない。私も気分がいい」

心地《ここち》いい冷風が吹いているのは、おそらくサラサの生活魔術『空調』だろう。

何となく四人連れだって、目的の場所を目指す。

ただし、今日の行き先は、ノースフィア魔術学院の生活魔術科の教室ではない。

「でも、今日は何するんだろう。王都の南門前に集合って……」

ディンは呟くが、他の三人も知らないようだった。


王都の南門は、この時間でも、いやこの時間だからこそか、行商人の馬車や、これからの予定を話し合う冒険者、そうした人々を相手にする屋台や露店で賑わっていた。

その中でも、草色のローブの集団は分かりやすい。

ディン達と同じ戦闘魔術科からの出向組の他、生活魔術科から、狐面をつけた白髪幼女のソーコ・イナバ、モジャモジャ頭の面倒くさがりケニー・ド・ラック、温和な雰囲気を持つ栗色髪リオン・スターフの三人がそこにはいた。

全員が集まったところで、ケニーが門の向こうを指差した。

「今日はダンジョンに向かう。みんな、『逆塔の迷宮』は知ってるよな。そこで、双月祭に使う料理の材料を調達するんだ。手伝ってくれ」

「……は?」

「何だディン、聞こえなかったのか。なら、もう一回言おう。今日はダンジョンに――」

「いやいやいや、聞こえてた。ダンジョンに入る。分かる。分かるけど……え、『逆塔の迷宮』？

『試練の迷宮』じゃなくて？」

「何だ、ちゃんと全部聞いてたんじゃないか。なら、無駄な時間を使うつもりもないし、さっさとゴーレム馬車に乗ってくれ」

ディンの問い掛けをあっさり流し、ケニーは門の傍《そば》に待機している大人数用ゴーレム馬車を指差した。


馬車に揺られながら、まだディンは信じられなかった。

幌《ほろ》のついた馬車は左右に長い椅子があり、皆それに並んで座る形になっていた。

今の御者はリオンが務めているが、時々ソーコやケニーが交代するらしい。

そして向かっている先は『逆塔の迷宮』だ。

今回の目的はこの迷宮の第五層を守護するモンスター、ミノタウロスの肉なのだという。

その肉は『第四食堂』でビーフシチューとして出すのだと、ケニーが説明していた。

「嘘だろ……？　第五層って……ウチのトップグループでも到達してないんだけど」

「戦闘魔術科のことは知らないけど、白銀級冒険者なら普通の稼ぎ場らしいぞ？　もっと深く潜ることもあるらしい」

「生活魔術科が、ベテラン冒険者基準でダンジョンに潜るのって、おかしくないかなぁ!?」

ケニーの発言に、ディンは突っ込まざるを得ない。

すると、ペシンとウーワンに後頭部を叩かれてしまった。

「ディン、冷静になル。馬車の中で大声出さなイ。突っ込みたくなる気持ちも分かるけド」

「……私達、この先で死んじゃうんでしょうか」

「死なないわよ。ダンジョンだから、絶対はないけど」

不安そうなジオを、ソーコが励ました……のだろうか？　ちょっとディンには判断がつかなかった。

「目的は今、話した通りだが、実戦形式で、みんなの魔術の実力を発揮してもらおうっていうのもあるんだ。今は生活魔術科に籍を置いてもらっているが、本来は戦闘魔術師だろう？　強くなった方がいいに決まっている」

「い、いや、そんな気を遣ってもらうことなんて、ないのに」

「じゃあ、アンタは弱いままでいいの？」

ソーコの問いに、ディンはグッと詰まる。

真っ先に声を上げたのはウーワンだった。

「ワタシは嫌だヨ。ウチのエリート連中、ワタシを舐めてトル。火も水も出せないって馬鹿にしてタ。絶対見返ス」

「でも……勝てるんですか？　あそこのモンスター達に……」

ジオの問いに、ソーコは肩を竦めた。

「その心配はないわ。あなた達、強くなってるもの。自覚、ないの？」

「え……」

「まあ、口で説明するより実際に身体を動かした方が早いわ」

「それは同感だヨ！」

グッとウーワンが拳を握りしめる。実に分かりやすい娘であった。

◇◇◇

数時間後、ディン達は『逆塔の迷宮』第一層に足を踏み入れていた。

ここは巨大な石造りのダンジョンで、その名の通り、逆さまになった塔の形をしている。

入ってすぐに遭遇したのは、四つ足の獣――狼《ウルフ》が四体。

錆びた武器とボロボロの防具を装備した動く骸骨――スケルトンが五体。

さらに後ろには、霜を散らす白銀の精霊――氷属性の魔術を使うアイス・スピリットが三体控えていた。

「いきなり、この数か……」

ディンは、呟かずにはいられない。初心者向けダンジョンである『試練の迷宮』との大きな差は、この一グループの数の多さだ。

一度の戦闘ならまだしも、連戦となると冒険者の消耗も尋常ではない。

この『逆塔の迷宮』がCランクである所以《ゆえん》である。

彼らはディン達に気付くと、ぎこちない動きで距離を詰めてきた。

「さ、それじゃあなた達の戦いぶりを見せてもらうわ。まずはディン達四人組」

「ワタシが出ル」

「同じく」

ソーコに呼ばれ、まずウーワンが弾丸のように勢いよく飛び出し、続いて流れるような動きで蛇獣人サラサが続いていく。

「じゃ、じゃあ僕は予定通り、後衛で！」

「し、支援……します」

ディンとジオは、その場で術を用意する。


ウーワンは、カーから教わったことを思い出していた。

五つの属性に関する内容だ。

こちらでは、地水火風の四属性が主だが、ウーワンの故郷であるサフィーンやソーコの故郷ジェントでは、木火土金水が主となる。

それらは全て、人体に宿っている。

木とは、雷であり風。身体には微弱な雷が常に流れ、また呼吸が人に必要なのは言うまでもないだろう。

火、すなわち体熱。人体に熱があるのは当たり前の話だ。

土は肉だ。柔らかくも固くもできるし、何より重い。

金とは硬い骨を指す。人体において最も硬い部分、攻守に優れた部分だ。

水とは身体を流れる血液。また汗、涙、涎《よだれ》など、人の身体の大半は、水でできているといってもいい。

ウーワンにとって肝心なのは、自分の中に全てがあることに気付くことだった。

「先制、攻撃ッ！」

体内で練り上げた『水』の気を、下手投げで放つ。右の手の平に出現した水が勢いよく放たれ、先行していた二体の狼《ウルフ》と三体のスケルトンを濡《ぬ》らす。

生活魔術における基本の一つ、『抽水』だ。

そして左手に練り上げた『木』の気——すなわち雷気の『発電』を、地面に押し当てた。

「くらエ‼」

青白い火花が濡れた床を伝い、ずぶ濡れの狼《ウルフ》とスケルトンを包み込む。

「ギャイン⁉」

悲鳴を上げて倒れる狼《ウルフ》達。前に立っていた三体のスケルトンもまた力を失い、その場に崩れ落ちた。

「使えル……ワタシの魔術は、通じル……！」

ウーワンが使った『抽水』はせいぜい水まき程度の威力しかないし、『発電』もせいぜい灯りや護身用の麻痺《まひ》ぐらいの効果しかない。

しかし組み合わせることで、元来戦闘力の高いウーワンの手札は爆発的に増えていた。

そのウーワンを、アイス・スピリットの冷たい霜が包み込む。

スッ……とウーワンを守るように、サラサは立った。

生活魔術『空調』が温風を生み出し、冷気を緩和させる。さすがに完全に相殺とはいかないので、小柄なウーワンを抱えて一旦後退した。

「ウーワン、油断しちゃ駄目」

「してないシ！　まだやれるシ！」

「分かってる」

サラサも、まだ全然戦える。

習得した『空調』単体ではせいぜい蛇獣人の弱点、冷気を克服したぐらいに過ぎない。

しかしサラサの蛇獣人としての特性を活かせば……。

「ふぅ……」

サラサの口から紫色の吐息が漏れ、空気に溶ける。『空調』に指向性を与え、残った二体の狼《ウルフ》を包み込んだ。

直後、狼達《ウルフ》はもがき苦しんだかと思うと、泡を吹いて倒れた。

蛇獣人は毒素を有し、牙や爪にその効果を付与できる。

これに『空調』を組み合わせることで、毒による範囲攻撃を行えるようになったのだ。

ただこれにも、欠点はある。

「さすがに、骸骨や精霊に毒は効かない……なら」

サラサは目を金色に輝かせ、習得したもう一つの生活魔術『着せ替え』を発動させる。

まだ残っていたスケルトン達の装備一式が解除され、床に落ちた。

もちろん持っていた剣や盾もである。

そこに、後衛のディンとジオの魔術が追い打ちを掛ける。

「起動《おきろ》、循環《めぐれ》、回転《まわれ》、微増《もっと》、微増《もっと》……」

生活魔術『測定』で体内の魔力を観測しながら、術を練り上げていく。

もう何度も練習してきたので、手の中に集う魔力の流れはスムーズだ。

以前なら、多過ぎて暴発、少な過ぎて不発のディンだったが、その不安定感ももはやない。

手の平に、紅蓮《ぐれん》の塊が出現する。

「……集束《たばね》、点火《もえろ》！　火炎連弾《ファイヤーバレット》！」

小ぶりの火球がディンの手から解き放たれ、アイス・スピリット達に直撃する。

氷属性の精霊の天敵ともいえる熱が彼らを溶かし、容易く蒸発させる。

「で、できた……」

ディンはちょっとした感動すらおぼえていた。

その尻を、ソーコが軽く叩いた。……背中にはちょっと届きづらいのだ。

「驚くことじゃないでしょ。練習ではできてたんだから」

「そ、そうなんだけど、実戦ではいつも緊張して……全然だったから」

ディンは、これまで自分でも使える攻撃魔術を求めて、いくつもの魔導書を読んできた。

習得した魔術は上級もいくつかある。

魔力の貯蔵量は充分。

ただ唯一、そして致命的な欠点だった魔力制御も今、完全に克服できたのだった。

さらに言えばこの『測定』という生活魔術は、ディンの魔力制御だけが利点ではない。

残っている裸のスケルトンは早足でこちらに迫ってくるが、もう間に合わない。

その移動速度も、ディンは『測定』している。

そして彼らがこちらに迫るよりも、ジオの符術の方が速いのだ。

ジオの正面には、精緻な魔法陣と文字の刻まれた符が一枚、輝き浮いている。

「砕いて金剛符‼」

ジオの声に応え、符から巨大な金属の拳が出現したかと思うと、スケルトン達へ猛スピードで飛んでいった。

軽い骨の砕ける音と共に、呆気なくスケルトン達は粉々になった。

「ふぅ……」

ジオはローブのポケットから白紙の符を取り出すと、生活魔術『転写』で金剛符を描いた。

この『転写』の魔術は、紙などに一瞬で図形や文字を写すという魔術だ。

大きな絵や文字は描けないが、符程度の範囲ならば充分効果を発揮する。

原物《オリジナル》さえあれば、何枚でも同じ符が作製できるのだ。

一枚の符を作製するのに時間を要するという符術の大きな問題点を、『転写』の魔術が解決してくれていた。

さらに言えば、原物《オリジナル》に手を加え、描かれている絵文字を細かくすることで、効果を増すことができる。

失敗を怖れるのならば、複製を作っておけばいい。そうした使い方も『転写』には可能なのだ。

戦いが終わり、動く敵もいないことを確認し、ディン達は顔を見合わせた。

「……勝った？」

「完勝だヨ！」

「初陣としては上々。でも、油断は禁物」

「……みんな、魔力は大丈夫、ですか？　回復用の符、ありますよ……？」

揃って手を叩き合った。

「いけるぞ、僕達！　編成はさっきのままでオーケー？」

「問題なイ。ディンは後ろで指揮も執った方がいイ。基本は勝手に動くけド」

「自分でそれを言う……。ウーワンは完全に攻撃特化でいいと思う。私は基本、引っかき回す方に回る。毒はいくらでも使えるけど、ウーワンが巻き込まれる可能性が高い」

「毒無効の符……作っときます？」

何だかテンションが上がってしまい、ディンも含めそれぞれのアイデアを交わし合う。

そこに、ソーコのパンパンと手を叩く音が響いた。

「はいはい、興奮するのはいいけど、まだ先は長いわよ。……それ以前に、別のパーティーの番だけど」

最初の予定通りである。

ここには、ディン達以外の派遣組もいるのだ。

ただ、その辺りを忘れている娘もいたりする——例えばウーワン。

「えぇっ、まだ私、戦い足りないヨ！」

「ちゃんと順番は回るから、我慢なさい」

「ぶぅ」

「膨れても駄目。まったく、そっちの二人も最初の不安は一体どこいったのよ」

ソーコの狐面が、ディンとジオに向けられた。

「いや、まさかこんないい感じに戦えるとは、思わなかったから……」

「今のうちに、連携の相談を詰めておくべきだと思う」

「……もっともな意見、です」

一人、サラサは冷静だった。どうやらディン組の要は彼女のようだった。

ローテーションを組んで戦闘を行い、ディン達はダンジョンを進んでいく。

生活魔術科に派遣されて一月も経っていないのに、ここまで来られるなんて、ディン達の中で一体誰が想像できただろうか。

そんな疑問に、後ろに控えているソーコが答えた。

「そもそも生活魔術は、魔力を持ってる人間なら『誰でも習得できる』レベルの簡単な魔術だから、生活魔術なのよ」

「それは、うん、分かる……それすら、最初の頃の僕には難しかったけど……」

「で、そっちのオッシ先生も誤解してるみたいなんだけど、生活魔術科の意義は既存の生活魔術を習得することじゃなくて、新たな生活魔術の開発とか他分野における既存の魔術を誰にでも使える生活魔術のレベルに落とし込むってトコなのよ。分かる？」

「……その理屈だと、僕達はまだ入り口にすら立っていないんじゃ……」

「そうね。それは否定できないかも。基礎の魔術にしても、四元素の精霊魔術の応用だしね。つまり、逆に言えば生活魔術は、戦闘にも応用が可能なの。今のみんなみたいにね」

「勘違いしちゃ困るけど、こりゃ別に生活魔術がすごいんじゃないってことだ。ディンにしたって、これまで色んな攻撃魔術を勉強してきたっていうじゃないか。そういうのを『測定』の生活魔術が補助しただけ。きっかけだな、つまり」

ケニーがソーコの台詞を補足した。

「それに、戦闘魔術師は戦闘が生活の糧だろ。なら、生活魔術科はそれを伸ばさなきゃな。――何より、何にも学ばず戦闘魔術科に戻って、また雑用とか堪らないだろ？」

ディンは戦闘魔術科での今までを思い返し、仲間と顔を見合わせた。

「もちろん」

全員が一斉に頷いた。

◇◇◇

「さて、ここからは俺達の仕事だな」

第三層からは、ケニー達も参戦することになった。

派遣組はまだ戦い足りなさそうだが、予定は予定だ。

「みんな、後ろや横穴からの奇襲には気を付けてねー」

調子がいいのは歓迎だが、それはそのまま油断にも繋がる。

リオンはそれを心配し、しきりに後ろに声を掛けていた。

「心配しなくても、今のみんななら、不意打ちされても一撃で死ぬことは滅多にないわよ」

「……それ、もしかしたらあるかもしれないってことじゃ……」

「何言ってるのよ。人間階段一段踏み外しただけでも、頭打って死んじゃうんだから、絶対大丈夫なんてあり得ないのよ。やれることはせいぜい、そのリスクを減らすだけなの」

などと話している間にも、巨大な蜂の群れを従えた、女性型植物モンスターが出現した。

「おっと、ジャイアント・ビーとアルラウネだ。『軽く凍れ』。素材回収はよろしく頼む」

「はいはい。リオン、ケニーが先走ってるけど、ちゃんと壁役を呼び出して」

「はーい。アルラウネの花蜜って、ホットケーキのシロップに使えるね」

ケニーの呟きが呆気なく蜂と植物モンスターを凍らせる。

ソーコが『空間遮断《ギロチン》』で凍ったモンスターを細断し、亜空間に収める。

さらにリオンが呼び出した三体の巨猿『力人《アーム》』が、護衛を担当していた。

あっという間にモンスターの群れを殲滅し、さらにダンジョンを進む。

「……すごいナ。どういう魔術だったのか、サッパリ分からなイ」

ウーワンの呆気にとられたような声に、派遣組が頷いていた。

それを聞き流し、リオンは周りを見渡した。

「この辺の砕けている床の欠片も、採っといた方がいいね。魔石が抽出でき……あ、ケニー君できる？　じゃあギルドで換金できるね。みんな、よろしく」

『力人《アーム》』の一体が護衛につきながら、派遣組が回収に向かう。

「はい、集めた素材は私に渡してね。全部、収納しておくから」

集めた欠片は、やはりソーコが収納していく。


そして数回の休憩を挟んで、ディン達は禍々《まがまが》しいオーラを放つ大きな扉の前に到着した。

「本当に第五層のボス部屋まで来ちゃったよ……」

ディンはその扉を見上げ、力なく笑った。

間違いなく、ディン達の学年としては、記録更新のはずである。

しかし、妙にケニー達は場慣れしているようだった。

「そりゃここの牛が目当てだからな。今日は亜種出ないかな」

「亜種……従来より数段上のランクのモンスターだよね……出ない方がいいんじゃ……？」

「倒すだけが目的ならそうなんだが、違うからな……つまり、亜種は大体、旨いんだ」

ジオの不安にケニーは頷き、そして大扉を蹴っ飛ばした。

重い音を轟かせ、両開きのそれが開かれていく。

暗闇の中、青い炎が燭台《しょくだい》に灯されていき、広い空間の全景が明らかになっていく。

奥の祭壇の前に、両刃の斧を肩に預けて蹲《うずくま》っていた巨人が立ち上がる。

牛頭人身のモンスター、ミノタウロスであった。

全身が漆黒、しかも従来のそれより二回りほど大きい。

「ブモオオオオオオオオ‼」

そのミノタウロスの咆哮に、空間全体が震えるようだった。

「出た……！」

「出た……！」

同じ台詞だが、前者はグッと拳を作るケニーとソーコ、後者は怯えの混じったディン達である。

加えて、数十体の猛牛、三体のミノタウロスが燭台の影から出現した。

こちらの人数が多いからか……？　と、ディンは思ったが、今はそれどころではない。

猛牛達がこちらに殺到してきているのだ。

「ソーコ、リオン、ボスの足止めを頼む」

「そっちも、さっさと終わらせてよねケニー」

「うわぁ、おっかないなあ。……出て、『朱龍《バーミィ》』！」

そんなことを言い合いながら、ソーコとリオン、それに大型犬クラスの赤いドラゴンが羽ばたきながら亜種ミノタウロスに向かっていく。

すると、亜種ミノタウロスが両刃の斧を振りかぶり——こちらに投擲《とうてき》した。

高速回転しながら超質量の武器が迫ってくる。

ソーコとリオンの頭上を抜け、こちらに迫ってきたそれは——

「『軟らかくなれ』」

——ケニーの呟きに、まるで熱した飴細工のように軟らかく曲がり、伸びた。まったく手応えのない刃を持ち上げ、さらにケニーは呟く。

「『牛は眠れ』」

バタバタバタ、とこちらに突進してきた猛牛達が眠りに落ち、倒れていく。

それは、牛種であるミノタウロス達も例外ではなく、完全に眠りに落ちることはなかったが、眠気に倒れそうになっていた。

「終わりよ」

間合いに入ったソーコの『空間遮断《ギロチン》』で、亜種ミノタウロスの首が切断された。

また、リオンの呼び出した三体の『朱龍《バーミィ》』によって護衛であるミノタウロス達は抑えられていたが、これもまた次々と打ち倒された。

戦闘に費やした時間は、一分も掛かっていなかった。

「さあ、素材回収。で、撤収しよう」

生活魔術師に戦闘の勝鬨《かちどき》など必要はない。

「すげえ……ボスが瞬殺された」

「生活魔術師、強イ……ワタシもいつかあの高みに到《いた》れるのカ……？」

「こ、この戦闘はスケッチしておかないと……」

ただ圧倒されるディン、追いつこうと気合いを入れるウーワン、そして白紙の符に今の戦いを『転写』し始めるジオ。

そして。

「……神だ」

「ちょ、や、やめてよ、サラサちゃん!?　拝まないで！」

蛇獣人族は龍神信仰が厚く、サラサはドラゴン達の主であるリオンの前に跪き、祈りを捧げていた。

◇◇◇

数日後、魔術学院の廊下で、ディンはバッタリ戦闘魔術科の同級生と出くわした。

「よう」

「あ」

戦闘魔術科のエース、アリオス・スペードだ。

ディンの羽織る草色のローブと手に提げる麻の買い物袋を見て、アリオスは鼻で笑った。

「生活魔術科は楽しいか？　俺達は、もうじき『逆塔の迷宮』で第二層中盤に差し掛かる。まあ、それがどれだけ大変なことか、お前には分からないだろうけどな」

「いや、分かるよ。お疲れ様」

ディンが応じると、アリオスはつまらなそうに舌打ちした。

「チッ、何だよ。下らねえ見栄張るんじゃねえよ」

他に語ることもないのか、そのままアリオスは戦闘魔術科の教室の方へ去っていった。

何だったんだ……？　と戸惑うディンに、後ろから声が掛かる。

「おーい、ディン。仕入れお疲れ。ちょっといいか？」

「あ、うん、どうしたの、ケニー？」

「ちょっとメニューの都合で『牛』が足りなくなりそうだ。悪いけど、ディンのパーティーでひとっ走り調達してきてくれないか。他、このリストのも。ああ、その『収納袋』はそのまま持っていいから」

ケニーから預かったリストに目を通し、ディンは顔を上げた。

「……いいけど、『亜種』はなくていいよね？　さすがにあれはきついよ」

第五話　生活魔術師達、お祭りを謳歌《おうか》する

そして双月祭が始まった。

日柄もよく晴天。

二の鐘が鳴り響く中、魔術学院の学院長、剣術学園の学園長、そして商店街会長の三人がまとめて壇上に上がるというカオスな開催式からスタートし、二つの学校と王都の大通りは祭の賑やかさと華やかさに彩られる。

そして、魔術学院の生活魔術科教室——前の廊下には、長蛇の列ができていた。

「ディン、行列の人数を頼む」

フライパンを振るうケニー・ド・ラックは、頭にタオルを巻いて前髪を上げ、珍しく眠たげな目を見せていた。

廊下に待機しているディン・オーエンが、即座に応じる。

「四十九人……いや、五十一に増えた。昼前だし、もっと増えていくと思うよ」

「だってさ。回転数を上げていくぞ、みんな」

「オー！　承知してるヨ厨房長《ちゅうぼう》」

厨房ではケニーの他、『発火』や『抽水』を駆使してサフィーン料理を作るウーワン・イや他、派遣されてきた戦闘魔術師数名が忙しそうに動き回っている。

それはもちろん、客席側も同様だろう。

「リオン、ジオは使い魔をそれぞれもう一体頼む」

「はーい。車椅子お願い」

リオンは運ばれてきた車椅子に腰を下ろし、『影人《シャドウ》』をもう一体増やした。

リオンが同時に操れる使い魔は三体、それ以上増やすとその分、リオンの身体が負担で重くなるのだ。なので、こうして車椅子が必要になるのだった。

「……ちゅ、注文、取ってきましたー……」

また同じく、符術師のジオ・イスナンも額に符を貼り付けた等身大人形を一体発動させていた。

こちらはジオ自身に負担はないが、簡単な応対しかできないのと符の魔力が切れると動かなくなる。

それでもオーダーを取ったり、料理を運ぶことはできるので、戦力としては充分だった。

「こっちもどんどん出していくわよ。ケニー、調理のペースは落とさないでよ」

「あとは、お客さん次第ってとこだな」

ソーコは、『第四食堂』に併設されている『荷物預かり所&貸衣装』を担当しつつ、料理の食材も亜空間から出して、調理組が冷蔵庫を出入りする手間を省いていた。

その横に並んで座っているのは、貸衣装担当の白髪の蛇獣人サラサ・トゥーリアである。

「そこに立つ。料金はご覧の通り。お望みの着ぐるみを指す。ん、ソーコ、これ出して。では、お着替え開始。……行くがよい。ありがとうございました」

サラサの習得した『着せ替え』は更衣室いらずで客の回転も早く、男女問わず少しずつ人気が出始めていた。


「よし、ディン達の班は休憩よ」

最も忙しい昼時の修羅場を乗り越え、ソーコの言葉にディン達のパーティーはようやく人心地ついた。

「ふぅ……なんか、あっという間に時間が過ぎるな……って、何この格好」

気付くと、ディンは何かに包まれていた。

『荷物預かり所&貸衣装』の脇に設置された姿見には、手足を生やした魚の着ぐるみが映っていた。

あとの面子《メンツ》は白虎、額に紙を貼り付けたゾンビ、トカゲである。

「何って、広告。客寄せよ」

はい、とおまけに『第四食堂』営業中！　なんて描かれた幟《のぼり》まで渡されてしまった。

「……休憩、なんだよね？」

「そうよ？　何にもしなくても宣伝になるんだから、効率的って思わない？」

校舎を出て外を歩いて分かったこと。

「思ったよりも動きやすいな、これ……」

「『軽減』の魔術が掛けられているんだってテ。それも呪文じゃなくて、着ぐるみ自体に編み込まれてるらしいヨ。ワタシ達の魔力を少し吸って、それで発動してるって言ってタ」

なるほど、魔力を吸っているといっても疲れるような感じはないし、本当に微々たるモノなのだろう。

「あと、『空調』も入っている。だから、蒸れない。呼吸も楽」

「……何気に高性能だ」

「とにかくご飯だヨ！　休憩時間は限られてるんだから、急ごウ！」

白虎の着ぐるみに身を包んだウーワンが、駆け出した。

「ウ、ウーワンちゃん……走ると、危ないよ……」

「へーきへーき……ん、あれ何ダ？　イベントカ？」

「あれは……」

屋台通りを抜け、学院広場の辺りで男女が揉めていた。

正確には少年四人に対して女の子一人だ。

「だから、暇じゃないって言ってるじゃないですか！」

藍色のローブは召喚魔術科の女子生徒だ。

それに対し、四人の少年は紺の動きやすい制服――剣術学園の生徒だ。腰に剣を佩《は》いているし、間違いないだろう。

「またまた～。さっきからずっと見てたんだって。ずっと一人で退屈そうだったじゃん」

「そうそう、だからオレ達と一緒にお祭り回ろうって言ってるんだよ。オレ達、学院はよく知らないからさ、案内してくれよ」

髪を短く刈り上げた体格のいい、いかにもリーダーっぽい少年が、少女の手を握っている。

振り解《ほど》こうにも力が強過ぎるのだろう、少女は逃げることができないようだ。

「い、嫌です！　もう、どっか行ってください！」

真っ先に声を上げたのは、白虎の着ぐるみだった。

「ちょっと待ったァ！　強引なナンパはノーサンキューだヨ！」

強引に胴体を割り込ませ、男子生徒達と少女を引き離す。

「痛ってぇな！　ああ？　何だお前⁉」

「通りすがりの魔術師だヨ！　さア、早く逃げちゃっテ！」

「あ、ありがとう……！」

少女は小さく頭を下げ、駆け出していった。

「あ……テメエ、何邪魔してくれてるんだよ！」

さすがに傍観している訳にもいかず、ディンや他の着ぐるみも白虎に並んだ。なお、さすがに幟は適当な屋台の裏手に置いてきた。

それにしてもこの血の気の多そうな男子生徒、何だかアリオスを思い出しちゃうなあ……とディンは思った。

アリオスは戦闘魔術科のエースで、ディンをやたら見下す生徒である。

「邪魔も何も、せっかくのお祭りの雰囲気を悪くしているのは、あなた達ではないか」

トカゲの着ぐるみの冷静な突っ込みに、男子生徒達は顔をしかめた。

「何だぁ……？　妙な着ぐるみがゾロゾロと……ノースフィアってのは、変人ばかりかよ」

彼らに対し白虎の着ぐるみ、ウーワンがビシッと指を突きつけた。肉球が可愛い。

「お前達がナンパしようとした子も、ノースフィアの子だヨ？」

「ご託はいいんだよ。とにかくそのかぶり物を脱げよ、おい」

リーダー格の少年がこちらに迫り、その手を伸ばしてくる。

思ったよりも速いそれ――距離、速さ――を、ディンはほぼ無意識で『測定』していた。つまり、このままだと、着ぐるみの頭部を取られてしまう。

そして、ソーコからの命令で、こういう場所で着ぐるみを脱いではならない、ということも思い出した。

――なので、相手の腕を取り、反射的にテコの原理で軽く投げ飛ばしていた。

「ぐあっ⁉」

男子生徒は地面に叩きつけられ、尻餅をついた。

「カラム⁉」

「や、やりやがったな、テメエ」

助け起こそうとした仲間を払いのけ、カラムと呼ばれた少年は立ち上がった。まだ、足に来ているのか少しふらついているようだ。

「い、いや、だって手が出てきたから、つい……毒されてるなあ、僕」

「……それは、まあ……やられる前に、やれ……ですからね……」

ポン、と額に符を貼ったゾンビが、ディンの背びれを叩いた。

「野郎、勘弁ならねえ……」

カラムは腰の剣を抜いた。なお、ディン側の野郎はディンだけである。

「お、おい、さすがに抜剣はまずくないか」

「練習用の模擬剣じゃねえか。いいんだよ、どうせこんな着ぐるみじゃダメージなんてほとんどねえ！　遠慮する必要なんてねえよ！」

そして周囲は何を勘違いしたのか、いつの間にやら観客が囲んでいた。

「何だ何だ⁉」「突発イベントか⁉」「申請通ってませんけどー？」「おい見えねーぞー！」「ポップコーンいかがっすかー」

その光景に、ディンは引きつった笑みを浮かべた。

「ああああ……何か、大事になってきちゃったよ」

「絡んできたあいつらが悪イ」

白虎の着ぐるみが再びビシッと、指を突きつけた。

その指から水流が迸《ほとばし》り、男子生徒達に浴びせ掛けられた。生活魔術『抽水』である。

「な……テ、テメエ！　何しやがる！」

「彼女はテメエではない。呼ぶなら女郎かアマになる。それと剣を抜いた時点で、争いはもはや避けられない。……しかし、君は語彙が貧相。テメエしか言えない？」

トカゲの着ぐるみの両手には、いつの間にか制服と剣が四つずつあった。サラサの『着せ替え』の魔術だ。

その早業（魔術なのだからそりゃそうだ）に、観客は大いに沸き上がった。

「お、俺の服が……テメエ、何をしやがった！」

「いちいち説明をしてやる義理はない。あとまた、テメエと言った」

もはや戦闘ですらなかった。

「おい、妙な騒ぎを起こしているというのは君達か！」

そんな時、観客の壁の向こうから声が響いてきた。

「……ま、まずいです。警備係が来ちゃいました……逃げないと……『煙幕』……！」

ゾンビの着ぐるみが符を取り出し、即座に発動。

ポォンと気の抜けた音と共に、白い煙と色とりどりの火花に光、紙吹雪が巻き起こった。

ディン達はそれに紛れて、逃げ出した。


校舎の陰に隠れ、ディン達はその場に座り込んだ。

「ジオ、さっきのって双月祭が始まった時に使ったやつ？」

「うん……予備のやつが残ってて良かったよ」

「悪は滅びタ！　これにて一件落着！」

ふはははハーと、白虎の着ぐるみは仁王立ちであった。

それを見上げる、トカゲの着ぐるみ。

「強引なナンパを阻止するという意味では、最初に成功していたけど」

「……まあ、妙なイベントが発生したけど、とにかく飯を食べよう。あと、イベントも見て回りたいし」

「戦闘魔術科《ウ　チ》の個人戦、ちょっと見たいヨ！　いくつか場所がばらけてるネ！」

「私、商店街で行われているという山妖精《ドワーフ》の酒の品評会に、興味があります」

「……わ、私も、大通り広場で行われているっていう古魔導書市を……ちょっと遠いですけど、気になってます……」

そうなると、やっぱり学院の外に出た方がいいか。

ディンはそう考え、ふと思い出した。

「しまった、幟……」

屋台通りの裏手に、適当に隠しておいたのだ。

ただ、無くした場合の『失せ物探し』用合い言葉も、ソーコからは聞いていた。

「『戻れ』」

魔力を込めた言霊をディンが呟くと、さっきまで自分達がいた広場の方角がざわめいた。

ディン達がそちらを向くと、ボッと何かが地面から発射された。

かと思うと、その何かが弧を描いてディンの着ぐるみの手の中に収まったのだ。……『第四食堂』

の幟だった。

全員の視線が、ディンの手の中に集中する中、白虎の着ぐるみが呟いた。

「……ディン、その幟に付与された魔術、槍使いなら大金出して欲しがるコ、絶対」

「……僕も、そう思う」

——こうして、ささやかなトラブルに巻き込まれながらも、ディン達はようやく本来の休憩に戻ることができた。

双月祭第一日目、この日に大きな問題は特に起こらず、『第四食堂』もそれなりに忙しいものの無事に終了時間を迎えたのだった。

そして第二日目——。

◇◇◇

太陽はほぼ真上、照りつける日差しがまぶしく暑い。

サウザンズ剣術学園のグラウンドには、対戦用の石床ステージが設けられ、周囲の観客席は満員だった。かち割り氷の売れ行きは、今日も好調だ。

『さあ、双月祭の目玉の一つ、サウザンズ・ノースフィア両校のぶつかり合い『月華』、今回の対決は6対6のチーム戦となります。それでは選手紹介を開始します。まずはサウザンズのエース、カラム・ザックス君——』

元気のいい女の子のアナウンスが響き渡り、カラム・ザックスはおざなりに手を振って観客に応えた。

そして対戦相手である、緋色のローブを着た魔術師達に、顎をしゃくった。

「おい、お前らの中に投げ技使う奴はいるのか？」

「は？　いきなり何の話だ？」

目の前の生意気そうな顔をしたリーダー格、アナウンスでは確か、アリオス・スペードとか言ったか、彼は怪訝《けげん》な顔をした。

「チッ……じゃあ、お前らの中で着ぐるみで歩き回る趣味の奴はいるか？」

「だから、一体何の話なんだよ⁉　挑発にしても訳が分からねーぞ！」

アリオスは、短い杖を振って怒鳴った。

昨日、カラムはノースフィア魔術学院の出し物を見に行き、そこで酷い目に遭った。

それなりに可愛い子がいたので仲良くしようとしただけなのに、謎の着ぐるみ集団に襲われ、身ぐるみを剝がされたのだ。

連中は逃げ、その場には制服も武器も残されていたが、短い時間とはいえ、大きな恥を掻かされた。おまけに現れた警備係からは事情聴取も受け、サウザンズ剣術学園の講師からも大目玉をくらってしまった。

「とぼけてんのかマジか知らないが、こっちは今ムシャクシャしてんだ。悪いがテメーら全員まとめてぶっ飛ばす」

カラムは剣を抜き、その切っ先をアリオスに向けた。

「……なんだ……こいつのこの気迫……尋常じゃないぞ」

怒りとは別に、カラムの調子はいい。

ついさっき、情報収集も兼ねて早めの昼食を魔術学院で摂《と》ったのだ。

何と言ったか、『第四食堂』とかいうやたら行列ができていた変な名前の店の『謎肉ステーキセット』、あれがいい感じに力を与えてくれているようだ。

何の肉だったのかは知らないが、カラムの身体には力が漲《みなぎ》っていた。


アナウンスの興奮した声が『第四食堂』に設置された大型の『投影水晶』から響く。

『――ザックス選手速い。あっという間に前衛二人を倒し、後衛へ迫る』

音声だけではない、選手同士の戦いが食堂中央の空中に立体投影されている――水晶通信という技術だ。

投影水晶は、離れた場所で映した『眼球水晶』の映像を投影する魔道具だ。

本来は高価でとても一般家庭には購入できない代物なのだが、この生活魔術科ではケニーが自作する、というあり得ない方法で手に入れていた。

とはいえ、映像を供給する側にも眼球水晶が必要なため、学院長シド・ロウシャを経由してライバルの学園側、王族や様々な貴族、商店街にも話は通してあるし、この食堂以外にも数台、投影水晶を作る羽目になったのだが。

『ノースフィアの前衛残り一人が……おおっと、今サウザンズのサーブ選手が放った投げナイフで杖を落としました！』

「あ、これまずい」

給仕をしながら何とはなしに映像を眺めていたディンは、思わず呟いた。

「近接戦闘はサウザンズの方が強いの当たり前だヨ。対策は……」

ノースフィアの後衛、ディンも顔見知りである少女魔術師ワーキンは、身体に青白く輝く茨を纏っていた。直接攻撃すれば、身体がしびれる効果がある。

けれど、対戦相手がそれを知っていた場合……。

『ワーキン選手を守っていた電撃の茨が解除されました。直前にザックス選手が指で何かを弾いた——あれはコインです！　なるほど、あの茨は一度物理的な攻撃を受ければ、その効果を失ってしまう。ザックス選手、しっかり研究対策していました！　ワーキン選手、ザックス選手の剣を避《よ》けられず、そのまま倒れたー！』

戦闘魔術科のエース、アリオス・スペードが最後まで奮闘していたが、サウザンズの剣士達は複数名残っていて、充分な余力があった。

「あの男、チンピラみたいな性格だった割に、結構やる。この戦い、もはや決した」

「……残念、ですね」

サラサはいつものように冷静にコメントし、ジオは小さくため息をついた。

広範囲殲滅魔術でも使えるなら別だが、ディンはアリオスの使える魔術を知っている。その中に、そんな大規模魔術は存在しない。

物語の英雄ならここから大逆転もあるだろうが……。

◇◇◇

一方、『第四食堂』のテーブルの一つが、別の意味で興奮のるつぼとなっていた。

『第四食堂』の料理に舌鼓を打っている、四人の壮年の男達だ。揃って平民の服を着ているが、見る者が見ればどれも相当に仕立てのいいモノだと分かるだろう。

ナイフやフォークの扱い方やグラスの傾け方にも、気品があった。

「む、う……インテル卿《きょう》、この味は……」

テリヤキ、と呼ばれる料理法を使われたソテーを口にし、屈強な男が軽く目を見張った。

インテル卿と呼ばれた片眼鏡の男は、小さくちぎったパンにソースを塗り、味わって食べていた。

「うむ、間違いないな、ストロング将軍。『長蛇迷宮』の中層溶岩地帯に棲《す》むといわれるフレイムエイル……まさか、こんな学生の祭りで口にできるとは……」

屈強な男、ストロング将軍は皿を鷲《わし》づかみにして掻き込みたい衝動を堪《こら》え、口の中をリセットすることにした。

しかし、グラスの黄金色の液体を口に含み、再び固まってしまう。

「デ、デックス博士、肉の素材も絶品ですがこの飲み物……もしや使われている果実は、モース霊山のカクトーの実では？　分かる。その涙、分かりますぞ。ぬ、エジル司教、いかがなされた……？」

小太りの男デックス博士は、感涙にむせびながらグラスに対して頭《こうべ》を垂れていた。拝んでいるのだ。

男達の中で最も若手、エジル司教はある一点を見て固まっていた。震える指は、食堂の四角《よすみ》を飾り、揺れるたびに七色の光を放つ布を指していた。

「あ、あ、あの飾り付けに使われている布……虹色の光沢はもしや、ジュエル・アルケニーの糸で織られたモノでは……？　オークションでも幻の品と呼ばれる……」

四人は一旦、手にしたナイフとフォークを置いた。

そして、静かに息を吐いた。一度、冷静にならなければ、自分達を抑えきれる自信がなかったのだ。

「……来て正解でしたな」

インテル卿の言葉に、ストロング将軍や他二人も頷いた。

インテル卿は表情を引き締め、言葉を続ける。

「だが皆、分かっているとは思うが、あの方への手出しは無用。我らはただ、見守るのみ」

「もちろん承知しているとも」

ストロング将軍の熱い視線が、厨房に向けられる。

インテル卿らも、同じように厨房を見ていた。

姿は見せていないが、『彼』はそこにいるのだ。

「ああ、ところで例の司祭の件だが……エジル司教」

ふと思い出したように、デックス博士がエジル司教に話を振った。先日、この『第四食堂』を運営する生活魔術科に迷惑を掛けた、とある司祭の一件だ。

「本人の希望もあり、パル帝国の北の果てへ飛ぶことになったようです。我々の手を煩わせることもないでしょう」

「何よりだ」

「さて皆、ここで重要な話がある」

インテル卿は、レジカウンターの横に視線をやった。

「購買だが、事前の取り決め通り、買い占めは厳禁。購入商品は一人三つまで。菓子、弁当類もこれに含まれる。忘れてはおらぬな？」


テーブルの一つで小さなドラマが進んでいる一方、ノースフィア魔術学院とサウザンズ剣術学園の戦いは決着を迎えようとしていた。

『――ああっ、ザックス選手の一撃が孤軍奮闘していたスペード選手に直撃、スペード選手崩れ落ちた！　立てません！　試合終了、勝負はチーム『ライトニングレジェンド』の勝利となりました!!』

映像からは歓声が沸く一方、『第四食堂』では残念そうな声が大きい。

「あー……」

「負けちゃったヨ……」

自分の学校が負けたのだから、当然だろう。

それでも一部は喜び、拍手も起こっていた。

水晶通信の中継は続く。

『この試合の結果、サウザンズ剣術学園はノースフィア魔術学院より一歩リードし、勝利へのゴールに近付くこととなりました。残る競技もあとわずか。どう思いますか、解説のロローさん』

『サウザンズが優勢なのは明らかですね。出店・展示のイベントでのポイントが加算されるとはいえ、これは例年、それほど大きな変動はありません。……ですが、ポイントは僅差でまだ、勝負は分かりません』

『残る『月華』で最も大きくポイントが動くのは、バトルロイヤル戦ですね。日も少しずつ傾いてきましたし、閉会式まであとわずかといったところです。おそらく勝利を決定づける戦いであることは、間違いありませんよ。解説のロローさんは、どちらが勝つと予想されますか？』

『今年はどちらの選手も強く、拮抗《きっこう》しています。バトルロイヤルは最後に立っていた者が勝者です。参加選手の中には、今の試合に参加したザックス選手、スペード選手も入っていますね。連戦は厳しいでしょうが、回復魔術などの支援があれば、身体が温まっているという意味では悪くないでしょう。こうした事前登録選手に加え、飛び入り参加者も加わりますから……いや、正直なところまったく読めませんね。街のあちこちにいる予想屋なら、自信満々に答えるんでしょうけれど』

『確かに、多くの猛者《もさ》が集うバトルロイヤル……予想は難しいですね。おっと、ここで今の試合、最も活躍したカラム・ザックス選手の登場です。インタビューを行います。こんにちは、ザックス選手！　おめでとうございます！』

『冗談じゃねえぞ！』

投影水晶から、怒声が響き渡った。

映し出されているカラム・ザックスは、鞘《さや》に収まった剣を肩に担ぎ、イライラしている様子だった。

『ど、どうしましたか、ザックス選手』

『どうしたもこうしたもねえ、ノースフィアの連中は本気で勝つ気があんのか⁉　オレ達相手に温存してても、まだ勝算があるって余裕か⁉　おい、見てるか着ぐるみ野郎！　オレは次のバトルロイヤルにも参加する！　テメーも絶対に出ろよ。叩きのめしてやる！』

指を突きつけたポーズで叫び、そのままカラムは踵《きびす》を返した。

『え、あ、あの……い、以上、ヒーローインタビューでした……いいのかなぁ。では、コマーシャルを挟んで、バトルロイヤルステージの中継会場に移りたいと思います』

ざわめきの中、『月華』の中継は一旦終了した。

ケニーは厨房の奥まった所にある椅子に腰掛け、投影水晶を眺めていた。

「今のが、ディン達が巻き込まれたトラブルの元凶？」

事情は昨日、休憩から戻ってきたディンから聞いていた。

「うん、まあ……しかし、執念深い奴だなぁ」

「野郎野郎って言ってるけど、ワタシ達の中に野郎は一人しかいなかったヨ！」

ケニー達は、事の顚末《てんまつ》は聞いていたが、ディンやウーワンを叱ったりはしなかった。

というのもケニー達が同じ状況に出くわしていたら、多分ソーコがもっと酷いことをしていただろうな、と想像できたからである。

「それは……着ぐるみの中身が見えなかったから、しょうがなかったんじゃ……」

「腕はいいようだが、ヤローとかテメーばかりで語彙の少ない人だった」

購買の方にいた、ジオとサラサも口を挟む。

「ああ、一応念押ししとくけど、中継で言ってたバトルロイヤル、ディン達が出る必要はないからな。仕事、入ってる時間帯だし」

「そりゃまあ、そうなんだけど……そうしたら何か、勝っても負けてもアイツ、すごく暴れそうじゃない？」

「それは向こうの都合だろ。知ったことじゃない。試合はちゃんとここで、映しとくぞ。色々と参考になるからな。ただし、そっちに集中してて仕事の手が止まるのは勘弁な。特にディンとウーワン」

「うっ……き、気を付けるよ」

「むー、厨房長が言うなら従うヨー」

そんな雑談を挟みながら、『第四食堂』の営業は続くのだった。

◇◇◇

王都の名所の一つであるミドラント大公園、その大きな池の中央に臨時に設置された巨大なステージがバトルロイヤルの舞台であった。

もちろん四方を囲む観客席も用意され、その席は全て埋まっていた。

参加するのは、ノースフィア魔術学院、サウザンズ剣術学園の両生徒に、十八歳未満の冒険者達が加わっている。

子どもといって侮るなかれ、参加生徒は教師達の推す成績優秀者、冒険者達にしても腕が自慢の猛者揃いである。

ルールは単純、この舞台で戦い抜き、最後に残ったただ一人が勝者であり、その者が所属している学校は大きなポイントを得ることができる。

それとは別に、その優勝生徒が魔術学院の生徒なら、学院長が選び抜いたいくつかの魔術から一つを習得することが許される。

剣術学園の生徒なら、稀少な素材を使用した武具か防具を一点、授かれる。

冒険者の場合、とても分かりやすく一万カッドの賞金が出る。

何にしろ、参加者全員の士気は高い。

百人を超える出場選手達が集まる中、まだ始まってもいないのにささやかな小競り合いが起こっていた。

騒動の中心は、飛び入り参加したタヌキの着ぐるみ、そしてそれに絡むサウザンズ剣術学園のカラム・ザックスであった。

「出やがったな……着ぐるみ野郎。昨日は不覚を取ったが、今度はそうはいかねえからな」

タヌキの着ぐるみは無反応、完全にカラムを無視していた。

タヌキの態度にカラムはさらに顔を赤くするが、仲間のサーブが押しとどめていた。

「お、落ち着けってカラム。試合前はヤベーって」

「分かってるよ。だが、試合が始まったら……分かってんだろうな」

「あー、露払いは任せろよ。でもお前、忘れんなよ？　最終目標は優勝なんだからな？　ホント頼むぜ？」

念押しするサーブの言葉もあって、カラムは何とかまあ自制していた。

ただし、試合が始まったら、この鬱憤は全部あのタヌキに叩き込んでやる、と決心しているカラムであった。

一方、やや離れた位置にいる緋色のローブ、戦闘魔術科のアリオス・スペードは軽く目を瞑《つむ》り、小さく口の中で呪文を構築していた。

「ねえ、アリオス……」

アリオスの仲間である精霊魔術師が声を掛けようとし、戦闘魔術師のワーキンがそれを止めた。

「シッ、声掛けちゃ駄目よ。今、集中してるんだから。それと、今のうちに離れるわよ」

「え、ど、どうして？」

「アリオスの詠唱だけど……あれ、試合開始の合図と同時に発動するよう、タイミングを見計らってるわ。呪文から察するに、使う魔術は自分を中心とした、範囲攻撃よ。巻き込まれたら、場外負けでしょ」

吹き飛ばされステージから落ちれば即場外負け、池の水でずぶ濡れになってしまう。

「ひゃあ……さっき負けたのが、よっぽど効いてるわね。最初から全力ってことか」

選手達が思い思いの準備をする中、試合開始の刻《とき》は徐々に迫りつつあった。

タヌキの着ぐるみの傍にいた冒険者の一人が、ふと着ぐるみの首部分に気付いた。

「ん……？　なあ、あの着ぐるみの首についてるのって……」

仲間ではないが、顔見知りの冒険者に声を掛けた。

首輪である。

「ああ、抗魔の首輪だな。杖は持ってるけど、あれじゃ魔術はほとんど使えないだろ？　使えたとしても、生活魔術がせいぜいだ」

「舐めやがって……」

「……この戦い、勝つのはただ一人。だが……分かるよな、お前ら？」

周囲の不満が、タヌキの着ぐるみに集中する。

『さあ、いよいよ試合開始のカウントダウンです。皆さん、ご一緒に……5、4、3、2、1

『……』

客席も声を揃え、数を読み上げていく。

一瞬の緊張の後、

『――スタート‼』

大きな声と歓声、怒号が轟いた。

同時にステージの一角で、巨大な爆発が発生し、参加者の半数が吹き飛ばされた。

戦闘魔術師アリオスの仕業だが、タヌキの着ぐるみのいる場所は威力の範囲外だ。

「掛かれ‼」

誰が言ったのか、冒険者達が一斉にタヌキの着ぐるみに殺到する。

しかし彼らの攻撃が、着ぐるみに届くことはなかった。

虚空から出現した無数の雷が、冒険者達を襲ったのだ。

「ぐっ‼」

「な、雷が……⁉　コイツ、精霊魔術師か⁉」

何人かの冒険者が堪らず、膝をついた。

「みんな退《ど》け――火炎球‼」

魔術師の一人が、杖の先から火球を放った。

「『ダストシュート』――」

タヌキが術を小声で呟くと、火球は突然消失した。

そしてすぐに、術者に向かって火球が放たれ返された。

『ダストシュート』は時空魔術、『収納術』の一種だ。『収納術』では、内部に入れた物質は個別に分類保存され、出す時も物質を選択する必要がある。

この『ダストシュート』は、外に出す時、収納していた物質を一斉に放出するのである。収納量はせいぜいゴミ箱一箱分。だが、例えば雷の攻撃魔術を保存していたとすれば、それがまとめて放たれるし、火炎球も収納即排出で一見すると反射したように見えるのだ。

「がっ……‼」

術を放った直後で無防備になっていた魔術師にそれを回避する術《すべ》はない。ローブを焼かれ、堪らず場外の池に飛び込んだ。

「ち、違う！　コイツ精霊魔術師じゃねえ！　時空魔術師だ！」

何とか立て直した冒険者達の攻撃も、まったくタヌキの着ぐるみには当たらない。

剣や槍の刃先が消えたかと思うと、着ぐるみを挟んだ対角線上にいる相手に向かって飛び出すのだ。

「おい、やめろ！　攻撃がこっちに来る‼」

「くそ、どうなってるんだよ……空間がねじ曲げられてるってのか……⁉」

空間歪曲は時空魔術においては基本中の基本であり、そもそも術の名前すらない。生活魔術レベルとなると有効範囲はほんの数メルト程度だが、それでも攻撃回避には充分だ。

冒険者達は同士討ちを避け、距離を取ろうとした。

タヌキの着ぐるみの太い指が、クイ、と持ち上がった。

「『アンドゥ』」

跳び退いていた冒険者達が、その場で時間をほんの数秒戻され、剣を振るう。周囲で戦っていた冒険者達がその刃に巻き込まれ、何人かがリタイアした。

もはや、タヌキの着ぐるみの周囲には誰もいなくなった――と思いきや、不意に着ぐるみの頭上を影が覆った。

「うおおおおっ、覚悟しやがれぇぇぇぇ‼」

大きく跳躍した剣士、カラム・ザックスが自慢の剣を振り下ろそうとしていた。

空間歪曲では、剣は回避できてもカラム自身までは処理できないだろう。

「『ポーズ』」

術の呟きと共に、剣がタヌキに届く直前で静止した。

武器の急制動にバランスを崩したカラムだったが、何とか体勢を立て直し、石床に着地する。

タヌキは宙に浮かぶ剣の刃を素手で握ると、小さく呪文を唱え終えていた。

「不意を突きたいなら、そんな大声出すんじゃないわよ――『劣化』」

タヌキの手の中で、刃には見る見るうちに赤茶けた錆が浮かび上がり、やがてボロボロの欠片になって崩れ落ちた。燃えないゴミの処理に有効な生活魔術である。

「お、オレの剣が……」

呆然とした表情で、刃のない剣を見るカラム。

「くらいなさい」

タヌキの着ぐるみの太い足が、カラムの股間を無造作に蹴り上げた。

「がっ……」

一瞬、大きく口を開け、カラムはその場で悶絶《もんぜつ》した。

タヌキが動くと、他の参加者達は自然と距離を取っていた。

すると、不意にこのタヌキは消え、数メルト先に出現した。

「短距離転移だとぉ……!?」

たった数メルト、されど数メルトだ。

前後左右、それどころか上空もあり得る。

着ぐるみの質量と不意打ちでステージ縁にいた選手達は軒並み池に落とされるわ、かと思えば頭上からの奇襲で押し潰されるわで、参加選手達は本来の実力を出し切る間もなく、リタイアが相次いでいく。

時折立ち止まっては石床に手をつき、再び移動を繰り返す。

『こ、これはすごい……並み居る優勝候補を相手に、タヌキの着ぐるみが無双状態!! 選手番号128、キキョウ選手。所属は……と、また一人場外に押し出されました! 完全に大穴です!』

タヌキ——キキョウは周囲を見渡した。

残っている強者は……今、正に呪文を唱え自分を狙っている戦闘魔術師、アリオス・スペードだろうか。

おそらくは、得意の爆裂系魔術だろう。

「そろそろ、いいわね――」

キキョウは何度目かになる動作を行った。すなわち、石床に手をついた。

「――『空間遮断《ギロチン》』」

空間開閉時の遮断効果により、あらゆる物質は理論上切断される――『空間遮断《ギロチン》』。

抗魔の首輪により距離が絞られているが、キキョウは足下の柱を切断して回っていた。

水中で、このステージを支えているいくつかの柱である。

そして今、最後にキキョウが切断したのは、要となる柱。

これが真っ二つになったことで、ステージは一気に不安定になった。

キキョウは、ステージ中央に短距離転移で移動した。

直後、ステージ全体が崩壊し始め、参加者達が悲鳴を上げ、池に落ちていった。もちろんその中には、アリオスも含まれる。

そして最後、ステージに残った半径メルトの石床に一体、ポツンとタヌキの着ぐるみが残っていた。

『勝負あり！　『月華』バトルロイヤルステージ優勝者は、128番キキョウ選手！　最後は舞台を崩落させての、自分以外全員場外負け！　これは前代未聞の大勝利です！』

観客席から歓声と悲鳴と怒号が響き渡った。賭けに参加していた大多数の人がチケットをちぎり捨て、ごく少数の幸運な人間は、賭け金の倍率に茫然《ぼうぜん》自失になっていた。

池に落ちた選手達を救助するために、何艘《そう》ものボートが出てきた。……さすがに、ほぼ全員が救助対象になるとは、誰も想定していなかっただろうが。

そして、優勝者であるタヌキの着ぐるみ、キキョウもまたボートの一つに乗り、退場しようとしていた。さすがに水上でヒーローインタビューは難しいと判断されたのだ。

「ちょっと待ちたまえ!!」

出てきたボートの上で仁王立ちしているのは、緋色のローブに顎髭を蓄えた戦闘魔術師、ゴリアス・オッシであった。

『ここで、ゴリアス・オッシ先生が抗議に出ました』

『それはそうでしょう。ノースフィア魔術学院はここで勝利しなければ、総合での勝利が厳しくなってしまいますからね。そしてこの謎の飛び入り参加選手、キキョウ氏がもしもノースフィアの選手であったならば、一気に逆転ですよ。その正体に言及せざるを得ません』

『解説のロローさん、サウザンズ剣術学園の生徒である可能性は、ないのでしょうか?』

『あれほどの術者なら普通、魔術学院の生徒とみるべきでしょう』

ゴリアス・オッシはタヌキの着ぐるみ、キキョウ選手に指を突きつけた。

「君が勝者であることは認めよう。だが、正体不明のままでは、誰も納得しない! 中身を改めさせてもらおうか!」

キキョウは腰に手を当て、しばらく動かなかったが、やがてその手を頭部にやった。

あっさりと頭部は取れ、陽光に長い白金色の髪が輝いた。

さらに、胴体部分も下へと落ちる。

「おおおぉぉ……」

観客の多くが、ため息を漏らした。

そこにいたのは、年の頃は十代後半ぐらいだろうか、東方ジェントでキモノと呼ばれる色鮮やかな衣装に豊かな肢体を包んだ、美しい毛並みを持つ狐獣人だった。

『タヌキの着ぐるみの中身は、何と絶世の美少女！　流れるような白金色の髪を持つ狐獣人の女性です！』

「あ、う……」

指先を震わせるオッシに、キキョウは紅を引いた唇を開いた。

「名前はキキョウ・ナツメ。冒険者ギルド所属よ。このイベントの参加年齢制限にも引っ掛かっていないわ」

胸の谷間から、ギルドの登録カードを取り出すと、それを貴賓室にいるシド・ロウシャ学院長に投げ放つ。

それを受け取った学院長は、愉快そうに笑った。

「ふぉっ……確かに。魔術学院学院長の名に懸けて、不正はないことを誓おう。彼女は真っ当な参加者じゃ。勝利は正当なモノであるぞ」

「が、学院長、そこに記されている名前は、本当にキキョウ・ナツメですか⁉　もしかしたら別の――」

空気を読まず、キキョウはシド・ロウシャの前に転移した。

抗魔の首輪も着ぐるみと一緒に落ちたのだから、ボートと貴賓室の間の距離ぐらい、楽にジャンプできるのだ。

「カードは返してもらうわよ」

「ふぉっ、当然じゃの」

キキョウはシドからカードを取り戻すと、再び胸の谷間にそれを収めた。

『学院長のお言葉でした。『月華』バトルロイヤルステージは冒険者の時空魔術師、キキョウ・ナツメ選手の優勝です！　それでは私、カレット・ハンドがヒーローインタビューを行いたいと思います！　行くよ、ハッシュ君！』

貴賓室に、草色のローブを着た女子生徒がマイクを手に駆け込んできた。後ろには同じく眼球水晶を構えた大柄な鬼族《オーガ》の生徒も控えている。

少女の方が今まで実況を行っていたカレット・ハンド、後ろにいる鬼族《オーガ》がハッシュという青年だろう。

「それじゃ私は消えるわ」

「え、あの、これから表彰式が……」

カレットの台詞を、キキョウは手で制した。

「私は単に、自分の腕を試したかっただけ。トロフィーとか賞金は、ギルドに送っておいて。ああ、あと今ギルドにいる連中限定で、一杯奢《おご》りよ。それじゃ」

そうして、キキョウはその場から消えた。

『キ、キキョウ選手消えてしまいました……どうしましょうか、これ』

投影水晶には、カレット・ハンドの戸惑った様子が映し出されていた。

気の毒になあ、とケニーがシチューの鍋をオタマで掻き混ぜながら感想を抱いていると、裏手に当たるリビングルームの扉が開き、ちんまい狐獣人、ソーコが出てきた。

うーんと短い手を上げ、身体を伸ばす。

狐面で表情は見えないが機嫌はいいようで、白い尻尾が軽く揺れていた。

「休憩おしまい。ストレスも発散できたし、仕事に戻るわ」

「ズリーな。あんな面白そうなの、俺も参加したかった」

「アンタじゃバレるわよ」

「っていうか、あの名前は一体どこ由来なんだ?」

「私の従姉妹に同じ名前の人がいたけど、今はどうしているやら……あと、ねー、リオン。リオンは、どれぐらい儲けたの?」

厨房から身を乗り出し、ソーコは食堂側にいるリオンに声を掛けた。

リオンは引きつった笑みを浮かべていた。

「す、少しお小遣い賭けただけなのに、えらい額になっちゃってるんだけど……」

倍率がすごかったからなあ……と内心呟きながら、ケニーはシチューの味を確かめるのだった。

◇◇◇

夏の日はまだ高い。

ノースフィア魔術学院の大グラウンドに、戦闘魔術科の精鋭達は整列していた。

中にはボロボロの緋色のローブの生徒もいるが、それでも全員が揃っていた。

彼らの前に、ゴリアス・オッシは立った。その脇には大きな箱が用意されている。

「皆、ご苦労だった。これで、双月祭における競技系イベント『月華』は全て終了した。もっとも、閉会式まではまだ時間がある……君達の努力をねぎらう意味でも、出店や展示イベントで使えるクーポンを大量に用意してある。皆、心置きなく、腹を満たし、残った時間を楽しんできてくれたまえ。それでは、解散!!」

オッシが手を叩くと、生徒達の反応はかなりばらけた。

一番多いのは歓声を上げげて、大きな箱の中にあるクーポンに群がる生徒達。

訓練続きだった日々の鬱憤を晴らすべく、飲み食いを謳歌するのだろう。

飲み食いという意味では同じだろうが、戦いに負け、己の不甲斐なさからやけ食いやけ酒に向かう者。

勝って祝勝会に向かうパーティー、負けて反省会に向かうパーティー。

力尽きてその場に跪く者、泣き崩れる者、そのまま医務室へ向かう者と様々だった。

そんな彼らを見送り、オッシは校舎に戻った。

「……やれるだけのことは、やった」

もちろん、オッシが生徒達に行ったのは労《ねぎら》いだが、それ以外の理由も存在する。

すなわち、ノースフィア魔術学院側の出店や展示に金を落とさせる、というモノだ。学院側の出店の売り上げが上がれば、それは総合得点のポイントに繋がる。

オッシが用意したクーポンは全て、学院側の参加店のモノだった。

「とはいっても、出店側でもこの時間帯になると、売り切れが続出……そういう意味では、大量の在庫を用意できる商店街が強いんだよなあ」

オッシの独り言に、意外なことに答える者がいた。

「……ケニー・ド・ラック」

「どうも」

紙コップに入った豆茶を片手に、ケニーはもたれていた壁から離れた。

「ちなみに『第四食堂』もほぼ売り切れ。豆茶や香茶ぐらいなら出せますけどねえ。購買の方も大体の商品は捌《さば》けましたけど……一点だけ、こういうのが残っているんですよ」

ケニーは、ポケットから高価そうな小箱を出した。

蓋を開くと、中には赤いキーホルダーが入っていた。

平たいタイプのそれではなく、コック帽を被った赤いドラゴンのマスコットである。

「キーホルダーか……いくらだ？」

ただのキーホルダーにずいぶんと仰々しいな、というのがオッシの印象だ。

「そうですね、お値段は――」

ケニーは、その値段を告げた。

オッシは絶句する。

「ば――」

馬鹿な。キーホルダー一つにつけていい値段ではない。

それを先読みするように、ケニーはオッシの言葉を遮った。

「――ですよねえ。法外な値段だと、普通思うでしょうね。でも、勘違いしないでほしい。この商品は準備期間中に申請してある、正当な価格の商品なんだ。今、先生が相手だから値段を釣り上げたとか、そういう代物じゃあない。……それに、そうでないと、オッシ先生も困るんじゃないか？」

「っ……」

オッシは言葉に詰まる。

それはそうだ。

売り上げで勝利が決まるのならば、それぞれの学校は恐ろしく高い品を出しておけばいい。

採算としては赤字になるかもしれないが、それでも勝利は掴《つか》めてしまう。

故に、そうした不正を防ぐために、出品する商品は事前申請されるルールになっていた。

もちろん、コスト的に高額になる商品もあるだろうが、それはそれなりに素材の入手や作製の難易度を鑑みて、認められる場合はある。

ただ、今ケニーの手の中にあるキーホルダーは……どう見ても、普通のキーホルダーだ。

宝石や首飾りといった高級アクセサリーでも、魔道具でもない。

しかも、デザインが生活魔術師のマスコット人形タイプときている。

だが、この価格……。

オッシの財布には結構な打撃であると同時に、勝利の可能性が開かれる最後のチャンスかもしれない。

オッシの迷いを読んだかの如《ごと》く、ケニーは言葉を続けた。

「これを手に入れたところで、サウザンズ剣術学園に勝てるとは限らない。でも、僅差で負けたら絶対後悔するだろうな。……それで、どうする？　お買い上げ、いただけますか？　それとも――」

箱を閉じようとするケニーの手を、オッシが押さえた。

「……買おう」

ニッとケニーの口元が、弧を描いた。

「まいどあり」

オッシは、戦闘魔術科の科長室に戻り、己の椅子に身を沈めた。

疲れたのだ。

オッシはそれなりに裕福だが、それでも一月に使える金額には限りがある。

今のキーホルダーへの出費で、今月は確実に金欠になってしまった。いやまあ、勝つためなので無駄ではなかったはずなのだが……もしこれで、勝利を逃してしまったら、自分は当分立ち直れないだろう。

オッシはそう自己評価をしていた。

それにしても、とオッシは小箱を開き、キーホルダーを手に取ってみた。

「……妙によくできているが……いやいや……」

本当に、あの金額は冗談ではない。

このデザインでは、戦闘魔術科の科長として、迂闊に使うこともできないではないか。

「コイツは封印だな……」

キーホルダーを小箱に戻すと、執務机の引き出しを開け、その奥へ入れた。

そして、鍵を閉める。

「今日は、本当に疲れた……」

疲労のせいだろう、オッシは睡魔に襲われ、そのまま気を失うように眠りに身を委ねるのだった。

……彼の目が覚めたのは、戦闘魔術科の生徒が駆け込んできて、ノースフィア魔術学院が勝利を勝ち取った、という報告を聞いた時になった。

◇◇◇

双月祭の翌日は振替休日となり、基本的にはどちらの学校も休みである。

ただし、自主的に来る分には何ら問題はなく、生活魔術科にはソーコ達『第四食堂』運営組の他、あちこちに散っていた生活魔術師達も戻っていた。

そして、各組の売り上げ報告が行われていた。

大きなテーブルを囲み、上座には黄金色をした『家』が刻まれたマントの留め具を、柔らかい布で磨いている科長のカティ・カー。他の席は適当である。

「さて、『第四食堂』の売り上げは……って去年と大して変わらないわね。若干上向き？」

ソーコは書類を手に、リオンを見た。

「内装とか料理に使った素材はとんでもないけど、お祭り価格で料理とか一律五カッドだったもんねえ。ああ、でも最後にケニー君が購買部のキーホルダーで、すごい額を売り上げたね」

「実に楽しい祭りだったよなあ、ソーコ」

バトルロイヤルステージとか、とは言わないケニーである。

「これは独り言だが、優勝者の賞金って、偽名でもちゃんと支払われるのかね」

「問題なかったわよ。ほら、私達、何度か冒険者ギルドの事務も手伝ってるし」

「なるほど」

「でも、あれって生活魔術科の売り上げには入れられないし、今度、科の全員でパーッと使っちゃいましょ。あ、そういえば、ありがとう、リオン。料理の成功の大半は、正直あなたのお陰よ」

「この『謎肉ステーキ』って、不正に当たらないのかなあ……」

「問題ないわよ。だって、このお店に来て注文した人、みんな食べてたんだから」

「そうそう、魔術学院《うち》の生徒だけだったらまずいだろうけど、そこは平等だったんだからいいんだよ」


話の内容は、試食会の段階で没となったドラゴンステーキのことだ。

味は絶品、そして効果はリオンが様々な薬草を駆使して、能力の大幅な一時底上げが行われるというメニューで、一気に売り上げが伸びる……と思われたのだが、今年の双月祭の賞品が多頭龍《ヒュドラ》の遺骸である。

そこに、学校の生徒が運営する一食堂がドラゴン素材のメニューなど出したら、それはもう大いに士気に関わる。……という訳で、試食会の時点で箝口令《かんこう》が敷かれ、ドラゴンステーキは封印となったのだ。

ただ、名前が封印されたのであって、メニュー自体はあり、ということになり『謎肉ステーキ』が誕生した。

この経緯を知っているのは祭りに参加していた教師達と、調理した生活魔術師達のみであり、『謎肉ステーキ』の素材が何であるのかは、魔術契約を含む誓約で一切口外はされていない。

もしもここを曖昧にしたら、ゴリアス・オッシが戦闘魔術科の生徒達にどんな無理をさせてでも『第四食堂』に並ばせていただろうことは、想像するに容易だったからである。

だから、『謎肉ステーキ』の素材は謎のまま客に提供された。そして、見事完売である。

「……ってことで、ソーコ」

「ええ、『第四食堂』の稼ぎはこんな感じになりました」

ソーコは、科長であるカティ・カーに書類を提出した。

「ありがとう、イナバさん。えーと、他のみんなは……」

カーが促すと、次々と余所に出向いていた生徒達の報告が始まった。

「ホルスティン邸組です。我が主が主催で行ったオークションは、実に盛況でしたよ」

吸血貴族の執事マルティンが、同じように書類を出した。

「王城組はこれです。王立美術館。博物館の音声案内魔道具の貸し出し、いい感じでしたよ。カレット、協力助かったぜ」

発明家のグレタが、女子生徒に礼を言う。

「何の何のー。同じ生活魔術科の仲じゃない。あ、わたし個人で色々仕事受けてましたけど、メインのハンド商会プロデュース野外演劇公演、大成功でした」

その女子生徒、『月華』の実況中継も務めた、カレット・ハンドはニッコリ微笑んだ。

「職人ギルド組はまあ地味ではあったが、チーズの売り上げは良かったのぅ。『第四食堂』やユグドラシル・ホテルの『知識の泉』の料理でも、いい味出しとったわい」

老婆のような言葉で農家兼チーズ職人の少女チルダが褒め、うむと巨漢のタスもまた書類の束を出した。

「確かに。『知識の泉』が出したチーズ料理屋台は、チルダの力あってこそだったと思う。これだけ稼いだ」

どんどんと積まれて崩れそうになった書類を、カーは慌てて支えた。

「うわ、わわわ……これなら、当分予算に困ることはありませんね」

「って言うけど、来年はちゃんと予算、分捕ってきてよね！　これだけやって、実績がないとは言わせないんだから」

ソーコの皮肉に、カーは苦笑いで応えた。

「ああ、そういえば冒険者ギルドなんだけど、今ちょっと大変みたいだよ、ソーコちん」

思い出したように言い始めたのは、カレット・ハンドだ。

冒険者ギルドでは、謎の美少女魔術師キキョウに関して問い合わせが殺到していたが、何しろその冒険者ギルド自体、正体を把握していないのだ。

そもそも、冒険者には脛《すね》に傷持つ者も多く、偽名で登録する冒険者なんてザラなのだ。

目撃情報や個人情報には賞金が出されることになったが、成果は芳しくないらしい。

「……独占インタビューとか、したいんですけどー。あのキキョウ・ナツメって何者なんでしょうねー、ソーコちんさー」

テーブルに顎を乗せ、ジト目でソーコを見つめるカレット。

「なーんにも説明とかなかったもんねー……納得いかないなー」

カレットの圧力に、珍しくソーコが及び腰になっていた。まあ、仲間にも秘密にしていたという、若干後ろめたい部分もあるのだ。

「わ、分かったわよ。今度、そのキキョウって子に会ったら交渉してみるわ。それでいいでしょ」

「さすがソーコちゃん。よろしくね」

◇◇◇

そして、日常が戻ってきた。

生活魔術科から戦闘魔術科に戻ったディンや生活魔術科への派遣組一行に、後ろから声が掛かった。

「おい、ディン」

振り返ると、そこには不機嫌そうな顔をしたアリオス・スペードが立っていた。

「え、ああ、アリオス。何か用？」

「何か用、じゃねえ。テメエらがいなかったせいで、こっちは大変だったんだ。このユニフォームの山、さっさと洗っとけよ！」

アリオスの指示で、取り巻きの戦闘魔術師達が洗濯籠を三つ、ディンの前に並べた。

どれも、すえた臭いのする緋色のローブや運動着だ。

「……いや、僕らがいなかったのはオッシ先生の指示だし、その間は自分達のことは自分でするって話だったんじゃないの？　……この量をほったらかしにしてたってのは、それはそれですごいけど」

ディンとアリオス達のやり取りを眺めていたウーワンが、口を挟んだ。

「ディン、それは多分痛いトコだヨ。アリオスはおそらく、服の洗い方を知らないんダ」

「な……っ、そ、そんな訳あるか！」

「じゃあ、何で洗わなかったノ？　これ、すごく臭いヨ」

ウーワンは自分の鼻を摘まんでみせた。

「う、うっせえ！　テメエらの仕事を残しておいてやったんじゃねえか！　ゴチャゴチャ言ってねえでさっさと仕事しやがれ！」

無茶苦茶な理由を叫びながら、アリオスは手に持った短い杖を突き出した。

以前なら、それでディンは額だか肩だかを押され、二、三歩退いただろう。

けれど、今のディンは速度も距離も完全に『測定』済みで、いとも容易く杖の先端を避けてのけた。

「……っ！　さ、避けやがったな？」

「そりゃ、避けるだろ。痛いし。っていうか、何かすごく既視感を感じるんだけど……」

いや、やっぱり前にもあったよなあ、とディンは思い返す。

ただしその時、ディンは着ぐるみを着ていたし、相手はアリオスではなくサウザンズ剣術学園の生徒だった。

「舐めた口聞いてんじゃねえぞ……雑魚が」

「あの、前から思ってたんだけどアリオス。君は沸点低過ぎる。もう少し落ち着こうよ」

「それ以上、口を開くんじゃねえよ！　――『炎弾』‼」

激昂《げっこう》していてもかろうじて理性は残っているのだろう、杖の先から放たれた単発の炎の弾は小さかった。とはいえ、当たればそれなりに火傷はするのに違いはない。

ディンは指先で炎弾を器用に絡め取った。

「な⁉　お、俺の魔術を……」

「返すよ」

クルクルと回していたそれを、無造作にアリオスに向けて飛ばす。

「ぐあっ⁉」

自身の魔術をくらったアリオスは吹き飛ばされ、グラウンドに大の字に倒れた。

「この――うあっ⁉」

立ち上がろうとしたアリオスの身体を、金色の魔力鎖が拘束した。

「そこまでだ、アリオス」

拘束術を発動し、諍《いさか》いを制したのは、科長であるオッシだった。

「何を騒ぎを起こしている。科内での私闘は禁じているはずだぞ」

「でも先生、コイツが！」

「起こしているのは、アリオスの方で、僕はほとんど何もしていませんよ」

ディンは、正直に答えた。

「ああ、たまたま通り掛かってね。経緯は、ほぼ最初から見ていたから分かっている。止めるのが遅くなって悪かった。もちろん、君を責めるつもりはない。もったいない……ディン・オーエン。君ほどの実力があれば、双月祭はもっと楽に勝てていただろうに……」

　オッシは額に手を当てて、嘆いた。

　しかし、ディンにはちょっと、オッシが何を言っているのか理解できなかった。

「えっと、いや……選手を選抜したのは、オッシ先生ですよね？」

「ぐ……そ、それはそうだが……何故、今まで実力を隠していた？」

「え？　……いえ、隠してなんて、いませんけど」

「何を言っている？」

「だから、実力を隠したりなんてしてませんってば。ただ、魔力制御は恐ろしく下手くそだったんで、すぐに魔力切れになる欠点はありましたけど」

「……ああ！」

　一瞬の間の後、オッシはポンと手を打った。

　あ、これ、今の今まで忘れてた、というか僕に興味なかったな、とディンは悟った。

　そんなディンの内心も知らず、オッシは爽やかな笑顔を浮かべた。

「しかし、その欠点を克服したということだな。このアリオスを手玉にとってみせた今の君なら、この戦闘魔術科でも間違いなくトップクラスだろう。進路も、宮廷魔術師や研究機関『塔』への推薦、選《よ》り取り見取りだ」

「あ、いえ、進路ならもう決まってます。『深き森砦』っていうクランから誘いを受けてるんです」

「な……何？」

オッシの表情が、強ばった。

「あと、戻ってきた僕達のグループはみんな、内定済みです。魔女の弟子とか冒険者ギルドの職員とか」

ディンは、後ろにいるウーワン達に視線をやった。

「……グループ？」

「いや、だから、生活魔術科に出向してた時に、カー先生から進路の指導も受けてて……あ、それとこれ、転科希望の書類です。よろしくお願いします。今日、みんなでここを訪れたのは、私物の回収と、この書類を出しに来ただけなので」

ディンを皮切りに、他の生徒達も次々と転科希望の書類をオッシに差し出した。

◇◇◇

大きな音と共に、生活魔術科の教室の扉が開かれた。

「カー先生‼」

そこにいたのは髪を振り乱し、焦燥した顔をしたオッシだった。

「わ……ど、どうかしましたか⁉」

カーは手に持っていた香茶のカップを危うく落としそうになっていた。

他に教室にいるのは、ソーコ・イナバ、ケニー・ド・ラック、リオン・スタークのいつもの面々であった。

「オッシ先生、ワインほどではないにしても香茶が驚く。教師なんだから、教室で大声を出さない」

ケニーの抗議は完全に黙殺し、オッシはカーに詰め寄った。

「聞いたぞ、カー先生。ウチの生徒に、勝手に就職先を斡旋したそうじゃないですか」

「え……いや、あの……それって、もしかして、オーエン君達のことですか？」

「……もしかしなくても、そのオーエン君達のことです」

「でも……彼らは双月祭の間、生活魔術科の生徒でしたし……ウチの生徒に就職を斡旋して……どこか、問題が……？」

まったくもう、非の打ち所のない正論だった。

「い、いや……それは間違っていないが、彼らは本来、戦闘魔術科の生徒ではないですか」

「でも、生徒達の将来は、生徒自身が決めるべきだって、ロウシャ学院長も言ってましたよねえ？」

ケニーが茶々を入れると、オッシは顔を真っ赤にした。

「ケニー・ド・ラック！　私はカー先生と話しているんだ。生徒が口を挟むんじゃない！」

「口じゃなくて手を出すべきかしら。オッシ先生、今の貴方の姿って、年下の後輩教師を、言葉と態度で威圧しているようにしか見えないわよ。カー先生、今なら間違いなく勝てるけど、訴える？」

ソーコが底冷えするような口調と視線を、オッシに向けた。

そこでようやく、オッシも少し冷静さを取り戻した。

「ちが……カー先生、つい興奮してしまったようだ、申し訳ない」

「あ、いえ」

素直に謝罪を口にしたオッシに、カーもお辞儀を返した。オッシにソファを勧めると、彼はカーの向かいに腰を下ろした。

「そもそもカー先生は口下手なんだし、オッシ先生みたいに口が達者な人とやり合ったって、ほとんど一方的にやられちゃうんですから、俺達が援護するのは当然でしょ」

「そ、そうです。みんな、援護お願いしますね！」

「自分で言っちゃうのも、どうかと思いますけどねぇ……」

リオンがキッチンで香茶を入れながら苦笑いを浮かべたが、オッシは無視した。

毒が強いのはソーコとケニーだが、リオンは基本無害そうだったからで、その印象は大体間違っていない。

「とにかく、生活魔術科がディン達から進路を相談され、カー先生がそれに応えた。それだけの話なんですよ。そもそも、進路相談は戦闘魔術科にいた時からしてたらしいですが……カー先生」

ケニーが促すと、カーはコクコクと頷いた。

「え、ええ……ただ、オッシ先生はいつも忙しく、聞いてもらえなくて……ということでしたので、こちらでいくつかの仕事を提案してみたんです」

「双月祭の準備でアホみたいに忙しい中をね……」

思い出したのか、ソーコがうんざりとした態度を取った。

「せ、生徒の未来が掛かっているんですから、それぐらい当然です！」

「とにかく、生活魔術科としては、就職先の斡旋は普通に行ってることだ。……だから何故、オッシ先生が抗議に来たのか分からないんですが？」

表面上、生活魔術科はすべきこと、した方がいいことを行ったに過ぎない。

ただオッシがここに来た理由を大体察していながら問う分、ケニーの性格は悪かった。

「だから、それは……」

「ディン達の、こっちでの活動や件の就職に関しては、ソーコが書類でまとめて送ってるはずでしょう？」

スッと、オッシの視線が逸れた。

あ、とケニーは気付いた。この人、報告書読んでないな、と。

多分向こうでディン達に関わる何かがあって、急いでこっちに来た……といったところなのだろう。

「……ちなみに、ウチでは王族貴族、銀行に大商会、最高級のホテルに三つ星クラスのレストランなど、色んな方向に顔が利きます。生活に密着した魔術の性質上、そういうのには強いんですよね。ところでオッシ先生、ガレ・シーミッケ、オイシス・タベル、タクミ・レイフト……って人達をご存じですか？」

ケニーが尋ねると、ふん、とオッシは鼻を鳴らした。

「馬鹿にするな。それぐらい、知っている。それがどうした」

「生活魔術を学んで……」

ケニーは一旦区切り、以前、予算会議の場においてゴリアス・オッシが謳った台詞を繰り返した。

「……英雄的な活躍ができた人物はいない……でしたっけ？」

それを聞いたオッシは最初、怪訝な顔をした。

顎髭を撫で、考え、目を見開いたかと思うとソファから立ち上がった。

「失礼する！」

それだけ言って、部屋から出ていった。

「ケニー、今の名前って、別に生活魔術科の卒業生じゃないでしょう？」

ソーコは一通り、生活魔術科の資料には目を通している。

そして有名どころの卒業生だって、ちゃんとチェックしているのだ。けれど、ケニーが言ったような名前の生徒は、記憶にないという。

一方、カーはどこか困ったような恥ずかしそうな顔でマントの留め具をいじった。

「えーと……ラック君、どうして、知ってるの?」

「言われた分ぐらい返したかったから、調べたんだよ」

ケニーは留め具をいじるカーの指先を眺めながら、ソファに身体を預けた。


学院の図書館に入ったゴリアス・オッシは、早足で受付に近付いた。

焦りが足音に出たのか、やたらと響く。

膨大な数の書物が詰まった本棚が、整然と並んでいるこの図書館は、国内でも有数の規模を誇るといわれている。

今も、何人かの生徒や研究者が、机に向かい勉強をしていた……が、オッシの立てる音に顔を上げ、眉をひそめていた。

「図書館では静かにお願いします」

眼鏡を掛けた、いかにも才媛といった雰囲気の少女が、オッシの応対をする。

「資料を閲覧したい。ガレ・シーミッケ、オイシス・タベル、タクミ・レイフトの資料だ」

「では、少々お待ちください」

少女は立ち上がり、本棚の奥へと消えていった。

オッシは受付カウンターを指で何度もノックし、少女が戻るのを待った。

……しばらくして、少女は戻ってきた。

「お待たせいたしました。こちらへどうぞ」

少女に促され、オッシは数冊の本が積まれたテーブルに案内された。

「こちらになります。ごゆっくりどうぞ」

音も立てずに、少女は再び、受付に戻った。

オッシは席に着くと、猛然と書物をめくっていく。

ほぼ流し読みに近いが、知識はしっかりと頭に入る。


ガレ・シーミッケは、古代オルドグラム王朝の遺跡を既に三つも発掘している若き考古学者だ。遺跡の発見はすなわちダンジョンの発見とほぼ同義であり、中から発見される失われた技術で作られた魔道具は、現代の魔術の発展を大いに助けている。冒険者の中で彼の名を知らない者はいないともいわれている人物だ。

シーミッケの実家は炭坑掘りだったのだが、ある日少年だったシーミッケは崩落事故に巻き込まれ、真っ暗な炭坑内をさまようこととなった。どれぐらい歩いたか、彼は地下湖の畔《ほとり》で古代《エルダー》エルフと遭遇し、『土掘り』や『ダウジング』といった生活魔術を教わった。生活魔術修得の証《あかし》として黄金色のメダルをもらい、シーミッケは学んだ術を使い、炭坑を脱出した。後に、炭坑の中で古龍の化石を発見したのが考古学者に進むきっかけだったと、書物には記されている。……なお、脱出後、古代《エルダー》エルフと出会った地底湖は何度探しても、見つからなかったという。

オイシス・タベルは流浪の天才料理人といわれる人物だ。あらゆる国から仕官を請われるも断り、時にはとある王城のパーティーで、時には小さな地方都市の料理店で、時には戦災にあえぐ孤児院の炊きだしで、その至高の腕を振るっているという。

十年ほど前まで彼は冒険者をしていたが、深い森の中で空腹で行き倒れ、たまたま近くにあった学舎に保護され、餓死を免れた。戦闘一辺倒だった彼は、学舎の教師である古代《エルダー》エルフから『発火』や『抽水』といった基本的な生活魔術を学び、やがて食の道を歩み始めた。餓死寸前の時に飲んだ、一杯のスープが自分の人生を変えた……と彼は語っている。

新進気鋭の建築家タクミ・レイフトは、建築家であり同時にゴーレム遣いの魔術師でもある。石造りのゴーレムはそのまま、建物や橋の材料であり、同時に労働力でもある。着工から完成までの速さは他の追随を許さず、またそのデザインも独創的で芸術的にも評価が高い。いくつかの王城、数多の貴族の邸宅の再築も担当している。

ただ、大工としてはあまりに体力がなく、最初は役立たずの下働きだったという。きっかけは魔物の暴走により壊滅した村の復興。幼い子ども達に生活魔術を教えていた古代《エルダー》エルフが音頭を取り、レイフトは彼女から釘《くぎ》を使う必要なく木や石をくっつける『接着』や物質の重さを一時的に軽くする『軽減』を教わった。これがきっかけで、レイフトは生活魔術に関心を持ち、やがて最速の建築家と呼ばれるようになったのだ。

また、三人の資料とは違う書物が一冊、置かれていた。

題名は『古代《エルダー》エルフの目撃譚《たん》』。

案内してくれた少女が用意してくれたモノだろう、栞《しおり》の挟まれているページを開くと、そこに書かれていたのは『妖精学舎』の伝承だった。

『妖精学舎』は、オッシも知っている。魔術師ならば、妖精に関する伝承はある程度、知識として学ぶのだ。とはいえ、詳細までは記憶していない。

確か、『放浪する教室』だったか。

いや、分かる。さっき目を通した資料の三人に、共通する事項だ。

わざわざ用意してくれたということは、目を通した方がいいということなのだろう。

オッシは、本を開いた。


『妖精学舎』は決まった場所には存在せず、世界のあちこちに現れるという幻の『学舎』である。古代《エルダー》エルフの教師が妖精達に生活魔術を教えていて、彼女はあらゆる生活魔術を修得しているという。

彼女と出会えた者は、必ず一つ、もしくは複数の生活魔術を修得することができると言われている。この『学舎』を卒業する者は、その証として黄金色のメダルを贈られる。なお『学舎』が存在せず青空教室の場合もあるので、『妖精学舎』という呼称の正確性について、学者の間では今でも議論となっている。

黄金色のメダルの原寸大の図も、最後のページに記されていた。

台形と長方形のシンプルな『家』が刻まれたメダルだ。

その大きさから、マントの留め具にもできそうだ。


「ぐ、ううぅ……」

ゴリアス・オッシはテーブルに突っ伏した。

ケニーがこの三名の名前を挙げた理由が分かる。己のかつての発言が、顔から火が出そうなほど恥ずかしい。

三人とも、既に教科書に掲載されているレベルの人物だ。

ああ、しかも、このメダル。

そしてオッシは、このメダルを知っている。さっき生活魔術科の教室で見た。

彼女は、あの『妖精学舎』の卒業生だ。

ああ、恥ずかしい。本当に穴があったら入りたい気分だ。

「具合が悪いのでしたら、医務室へご案内しますが、いかがいたしましょうか」

後ろから、そんな平坦な声が掛かった。

振り返ると、さっき受付に座っていた娘だ。

今は、草色のローブを羽織っている。

「……君は、生活魔術科の生徒か」

「はい、パイと申します」

少女——パイは、完璧な角度でお辞儀をした。

「もう、卒業後の仕事は決まっているのかね。……違う学科だが、教師としての質問だ」

「ルベラント聖王国の宗教図書館に、司書見習いとして入る予定になっております」

ルベラント聖王国はゴドー聖教の聖地とも呼ばれ、その図書館は世界三大図書館の一つである。

当然そこのスタッフは、エリート中のエリートで構成されている。

……パイの返答がトドメとなり、オッシは再びテーブルに突っ伏したのだった。

◇◇◇

学院が平常運転に戻り、生活魔術科が運営する『第四食堂』も復活した。

値段は安く、味はいい。

ディン・オーエン達が新たに生活魔術科に転科したとはいえ、昼時は当然ながら大入りで、生活魔術師達は大忙しだ。

その忙しなさも、少しずつ静まりつつある時間。

「ごっそさん」

「ああ、まいど」

レジに立ったケニー・ド・ラックは、友人の戦闘魔術師から、硬貨を受け取った。

「ケニー、コイツは新作か？」

友人が指差したのは、レジ横のツリーフックにつるされたマスコットキーホルダーだ。

デフォルメされた赤いドラゴンの人形が、何体も揺れている。

「リオンのな。一応、火属性に対して加護がある。といっても、熱した鉄鍋を素手で持てる程度だが」

「……それって、初級の火炎魔術キャンセルできるレベルってことじゃねーか。相変わらず、ここで売ってる魔道具はデタラメだな」

「といっても、そんな使い方してたらすぐに劣化するぞ。一応アクセサリーに分類されるんだから、買うなら大切に扱ってくれ」

「よし、ちょいと懐にはきついが買った」

友人は金を払い、キーホルダーを買っていった。

ようやく客も捌けていき、手の空いたリオン・スターフがケニーに近付いてきた。足下には、まん丸い幼龍のフラムがついてきている。

「売れ行き好調だねえ」

お手製のキーホルダーが売れ、リオンは機嫌が良さそうだ。

「それほど量産できないのが残念だけどな」

「そりゃしょうがないよ。フラムちゃんの爪だって、有限だもの。ねー？」

「ぴぅ！」

リオンが身体を傾け笑うと、フラムは嬉しそうに鳴き声を上げた。

「フラムの脱皮って、今度はいつぐらいになるんだ？」

「さあ？」

「ぴぃ？」

リオンとフラムが、姉妹のように首を傾げる。

「分かんないって」

リオンの言葉に、ケニーは肩を竦めた。

「まあ、あんまり期待しないでおこう……何にしろ、ガチで作ったら本来、こんな食堂で売れる代物じゃないしな」

「まあね。火属性攻撃ほぼ完封、水属性攻撃と氷属性攻撃は半減。一方でこちらからの火力は五倍に増加。『攻撃力増加』『防御力増加』、魔力消耗ゼロで炎の息吹発動のてんこ盛りだもんねぇ……それでも、よく売れたと思うよ、あれ」

この場合の『あれ』とはもちろん、ゴリアス・オッシに売ったキーホルダーのことだ。

「適正価格だろ」

「まあね」

そこはリオンも否定できない。

「でも、あの値段、もう一つ別の根拠があったでしょ、ケニー」

声と共に、裏手から帳簿を抱えたソーコ・イナバが現れた。

「さすがソーコ、気付いたか」

「気付くわよ。私を誰だと思ってるの。生活魔術科の経理担当よ?」

ふん、とソーコは薄い胸を張った。

だが、リオンはいまいちピンと来ていなかった。

「ん、どういうこと?」

「はい、分かってないリオンに、これをプレゼント」

そう言って、ソーコは手に抱えた帳簿を、リオンに手渡してきた。

よく分からないまま、リオンは帳簿をめくり……笑った。

「……なるほどねぇ」

この帳簿は去年の生活魔術科の活動記録だ。

当然、予算の動きも全て記されていて……去年の生活魔術科の活動予算も、記録されている。

その横に添えられた、ゴリアス・オッシに当てた『マスコットキャラクター代』の領収書の写しとその金額は——完全に一致していたのだった。

おまけ劇場◎生活魔術師達、パーティー名を考える

――これは、ケニー達三人が冒険者ギルドで冒険者登録を終え、ヤンガー・ベルトランと合流するまでの、ほんの短い間にあったエピソード。


ケニー達三人は、ギルドに併設された酒場のテーブルの一つに腰を下ろした。

注文した炭酸入り水蜜水が届くと、ケニーは本題に入った。

「で、パーティーの名前だが、もう『第四食堂』でよくないか?」

リオンは苦笑いを浮かべながら、軽く両手を振った。

「いや待って、ケニー君さすがにそれはちょっと」

「何でだよ、分かりやすいじゃないか」

「分かりやすいけど、ややこしいよ。学校で『第四食堂』のこと話す時、生活魔術科でやってるそれと、冒険者のそれとどっちか分からなくなっちゃうし」

「……『第五食堂』?」

「食堂から離れて!」

「難しいもんだな。じゃあ二人なら、どんな名前がいいんだ？」

ケニーの問いに、ふむ、とソーコは小首を傾げた。

「……『ノースフィア魔術学院生活魔術科』？」

「そのまま過ぎるし、長過ぎだろ」

「じゃあ『生活魔術科』」

ケニーは頭を抱えた。

「俺の提案の時と、まったく同じ問題抱えてるじゃねえか。とりあえず学校から離れないか？」

一方リオンは腕を組んで、唸っていた。

「うーん……ケニー君には突っ込んだけど、いざ自分で考えるとなると難しいね」

「じゃあ、一応聞くけど、リオンの希望としては、どういう名前がいいんだ？」

「何か、可愛らしいの？」

「……冒険者パーティーの名前の話をしてるんだよな、俺達？」

「で、でも希望って言うから！」

「私はおぼえやすくて、私達だって一発で分かるのなら何でもいいわ」

「……ソーコはソーコで何気に難易度高い提案だな」

提案こそあるモノの、パッと頭に浮かぶような名前はケニーも思いつかない。

「例えば余所は、どんな名前をつけてるんだ？」

「余所って言われてもね……集団の名前でってことなら、『狐面衆《こめんしゅう》』っていうのがウチの国にはいたけど」

「何だ、もうそれでいいんじゃないか？　ソーコがパーティーのリーダーなんだし」

「本家本元に知られたらぶち殺されるからやめて。というか、こっちでいうところのエリート騎士団の名前なんだから、完全に名前負けよ。リオンは、何かアイデアある？」

「余所かぁ……例えばパーティーじゃなくてもっと大きな集まり、クランになるんだけど、あそこにいる『深き森砦』は、リーダーがドラマリン森林領っていう、西の国出身だからなんだよね」

リオンは、酒場のテーブルの一つ、一際装備のグレードが高いパーティーを指し示した。

「なるほど、リーダーの出身地か。リーダーを立てるって意味だと、さっきの『狐面衆』と似たような感じだな」

リオンは、モヒカン頭や棘《とげ》付きショルダーシールドをつけた柄の悪そうな一行を指した。

「もっと分かりやすいのだと、あそこのパーティーは『ザックと愉快な仲間達』っていうんだけど。あ、ザックっていうのがリーダーの名前ね」

「さすがにそれはリーダーじゃない方がおかしいだろ。……『ソーコと下僕達』？」

ソーコの白い尻尾が逆立った。

「その名前がついた瞬間、私、パーティーを抜けるわよ」

「あとは、パーティーの象徴になるモノが、名前になってたりとか。あそこの『鬼の大盾』とか」

リオンの視線の先にいるパーティーは、厳《いか》つい鬼の意匠が施された大きな盾を壁に立て掛けていた。

「なるほど……っていうかリオン、結構なミーハーだよな」

「ふぇっ⁉」

「そうね。私も、そう思うわ。よくこんなスラスラと、パーティーの名前が出てくるわね」

「ちょっ、ち、違うよ⁉　これは、普通に一般知識レベルだし、誰でも知ってる程度だし」

リオンは耳まで真っ赤にして否定したが、まるで説得力がなかった。

「いや、それはない」

「その理屈で言えば、私とケニーは一般知識すらないって話になるわ」

「えぇー」

ケニーとソーコが一蹴し、リオンはテーブルに突っ伏した。

「まあ、何にしても一目瞭然ってのはいいよな。やっぱりここは『狐面衆』で――」

「――最悪、明日の朝日が拝めなくなるから、マジでそれはやめて」

ソーコの声音が据わっていた。どうやらガチらしい。

「お、おう。じゃあま、今のソーコとリオンの意見を参考にして――」

ケニーは一拍おいて、指を立てた。

「――『働く妖精達《ブラウニーズ》』で」

「オッケーよ」

「いいねー」

そういうことになったのだった。

あとがき

さて、あとがきです。

何を書けばいいんでしょうか！

……といきなり終わるような発言ではじまる、丘野境界です。

あとがきから目を通す癖のある、まだ未読の方。もしくは本文を読み終え、ここまで辿り着いた方。はじめましての人ははじめまして、一部の人はこんにちは、そして全員にありがとうございます。

この作品は「小説家になろう」に投稿した短編『生活魔術師達、ダンジョンに挑む』に大幅加筆したモノです。第一話が短編部分で、残りは完全書き下ろしという内容になっています。

第一話も色々と手が加えられていて、一番大きな部分は生活魔術科の生徒が十数人、増えている点です。ケニー・ド・ラック、ソーコ・イナバ、リオン・スターフの三人がメインなのは変わりませんが、ところどころで彼らも活躍しています。

せっかくのあとがきなので、何か裏話的なモノを語りたいと思います。

ファンタジーでいうところの魔術、といえばやはり、攻撃魔術が華ですね。爆発する火の玉や、周囲を凍てつかせる氷の術、光と轟音が炸裂する雷撃魔術……などなど。

ただ私が好きなのは、某世界一有名なネズミの魔法使いが箒を使役して水汲みでパニックを起こす作品だったり、ヒロインである奥さんが魔法使いな古いシチュエーションコメディだったりです。

また、こう、『火の矢』とか『大地揺らし』のような術名があるようなのより、その場にある燭台の火を操るとか、ケルト神話でいえば無限に飯が出てくるというダグザの大釜に一番浪漫を感じます。

そういう魔術で活躍する作品が読みたいのですが、あまりないようなので自分で書きました。

包丁研ぎの魔術って、剣士や戦士と組み合わせれば多分、普通に強いと思うのですよね。

あと、モップは棍になりますし、ハンガーはヌンチャクになります。

生活魔術は「あればいいなー便利だなー」という思いから生まれています。声で色々と命令したり、亜空間のモノを収納したり、使い魔を使役したり。

他にも一瞬で服の着替えができたり、死霊術で発酵食品作ったり、ただただお湯が出るだけの壺だったり……というのが、ウチのスマホのメモには色々あります。……役に立つんかいな、これと思わないでもないのも大量に存在するのですが、これが意外なところで使えたりするのが面白い。

できれば、いわゆるマニュアル化した感じの魔術以外の作品も、もっと増えてくれればいいなと思っています。

この作品の主人公達は、学生で冒険者です。

学園生活と冒険者稼業、どちらの面白さも取り込みました。

生活魔術師達の活躍を楽しんでいただければ、幸いです。


そろそろ締めに入りたいと思います。

まさかこの作品が本になるとは、多分作者が一番思ってませんでした。超ビックリしました。

この本は色んな方の協力で、作られました。

書いたのは私ですが、お声を掛けて下さった宝島社様、担当様、様々な仕事をしてくださった方々、イラストレーターの東西様。

また、本作を応援してくれた読者の方々も、もちろん。

ありがとうございます。

※本書は、「小説家になろう」（http://syosetu.com/）に掲載されていたものを、改稿のうえ書籍化したものです。
※この物語はフィクションです。作中に同一の名称があった場合でも、実在する人物、団体等とは一切関係ありません。

丘野境界（おかのきょうかい）
大阪府在住。
2012年より小説投稿サイト「小説家になろう」にて執筆を開始。
本作にてデビュー。

イラスト **東西**（とうざい）

生活魔術師達、ダンジョンに挑む
（せいかつまじゅつしたち、だんじょんにいどむ）

2018年3月8日　第1刷発行

著者　丘野境界

発行人　蓮見清一
発行所　株式会社 宝島社
〒102-8388　東京都千代田区一番町25番地
電話：営業03（3234）4621／編集03（3239）0599
http://tkj.jp

印刷・製本　中央精版印刷株式会社

乱丁・落丁本はお取り替えいたします。

ISBN978-4-8002-7964-4